KB115291

진가도

백준 新무협 판타지 소설

FANTASTIC ORIENTAL HEROES

진가도 2부 6

백준 新무협 판타지 소설

초판 1쇄 찍은 날 § 2016년 6월 16일
초판 1쇄 펴낸 날 § 2016년 6월 23일

지은이 § 백준
펴낸이 § 서경석

편집책임 § 이창진

펴낸곳 § 도서출판 청어람
등록번호 § 제1081-1-89호
등록일자 § 1999. 5. 31
어람번호 § 제2-2664호

주소 § 경기도 부천시 원미구 심곡2동 163-2 서경B/D 3F 14640
전화 § 032-656-4452 팩스 § 032-656-4453
http://www.chungeoram.com
E-mail § chungeorambook@daum.net

ⓒ 백준, 2007

ISBN 979-11-04-90852-1 04810
ISBN 979-11-04-90512-4 (세트)

※ 파본은 구입하신 서점에서 교환하여 드립니다.
※ 저자와 협의하여 인지를 붙이지 않습니다.
※ 이 책은 도서출판 청어람과 저작자의 계약에 의해 출판된 것이므로,
　무단 전재 및 유포 · 공유를 금합니다.

진가도

6

2부

백준 新무협 판타지 소설
FANTASTIC ORIENTAL HEROES

도서출판
청람

목차

第一章
거꾸로 가는 하늘

진가도

"누가 이렇게 거만을 떠는가 했더니 패배자들이었군. 쿨럭!"

기침과 함께 지본소의 옆으로 마옥이 나타났다. 그녀는 누렇게 탈색된 얼굴이었고 금방이라도 쓰러질 것처럼 보였다. 그런데도 그녀는 쉬지 않고 나타나 진파랑과 석무도의 대결을 지켜보려 했다.

"쉬지그래?"

지본소가 묻자 마옥은 고개를 저었다.

"저 자식이 죽는 모습을 지켜봐야지."

"좋을 대로."

지본소는 팔짱을 끼며 대답했다. 남을 걱정할 처지가 아니라는 생각이 들었기 때문에 두 번 말하지 않았다.

석무도와 싸우는 진파랑의 모습을 살피던 사우령은 심각한 표정으로 말했다.

"저놈의 무공이 전보다 더욱 발전한 것 같은데?"

"네가 볼 때도 그런가?"

지본소도 사우령과 같은 생각이었다. 자신과 만났을 때와 좀 더 다른 기운이 느껴졌기 때문이다.

쉬쉬쉭!

석무도의 그림자 사이로 날아드는 창날은 여전히 호선을 그리고 있었다. 진파랑은 좌우로 움직이며 창날을 아슬아슬하게 피하며 좌측으로 원을 그렸고 석무도는 그를 따라 이동하는 중이었다.

"애송이가 대단하구나."

석무도는 자신의 창날을 피해 요리조리 잘 움직이는 진파랑을 칭찬했다. 원한이 있는 상대였지만 무공이 대단하다는 것은 인정해야 했다. 문득 진파랑 같은 고수에게 죽은 석가의 식솔들도 억울함이 덜할 거란 생각이 들었다.

대단한 고수와의 싸움은 그만큼 자랑이기 때문이다. 진파랑의 무공 수위가 그 정도의 경지에 올랐다는 생각이 든 것이다.

'대단한 젊은이로군.'

석무도는 자신의 창술을 이토록 자유롭게 피하면서 공격해 오는 상대를 만난 적이 없었기 때문에 더욱 놀라고 있었다.

쉬악!

목을 찌르는 듯 창끝이 다가오더니 어느 순간 다리 사이로 떨어져 가랑이를 찢고 쳐 올라왔다. 진파랑은 재빨리 몸을 뒤로 움직였지만 창은 여전히 그를 따라왔고 일 장 정도 이동한 그는 창날이 올라오자 쳐냄과 동시에 좌수로 도를 옮겨 잡더니 번개처럼 일도를 내질렀다.

횡!

우도에서 순식간에 좌도로 바뀌면서 도기가 뻗어오자 놀란 석무도는 뒤로 물러서야 했다. 생각지도 못한 방향에서 도기가 날아들었기 때문이다.

"큭!"

석무도의 오른 어깨를 진파랑의 백옥도가 살짝 스치면서 지나쳤다. 석무도의 어깨에서 피가 튀자 사방에서 안타까운 음성들이 튀어나왔다.

진파랑은 다시 오른손에 백옥도를 쥐고 오 장이나 물러선 석무도를 향해 살기를 뿌렸다. 석무도는 예상치 못한 일격에 상처를 입었다는 것에 놀라면서도 투기가 끓어오르는 것을 느꼈다.

　석무도는 눈앞에 보이는 젊은 청년이 자신의 예상보다도 훨씬 실전 경험이 풍부하다는 것을 알았다. 그렇지 않다면 싸움 중에 저렇게 좌도로 바꾸는 짓을 하지는 않기 때문이다.

　그만큼 진파랑이 공들인 수였으니 자칫 잘못했으면 일도에 목이 달아날 수도 있었다. 식은땀이 흐르는 수였다.

　석무도는 신중한 표정으로 변했다. 진파랑의 목숨을 빼앗기 위해 내려왔지만 목숨을 걸어야 한다는 것을 알았다.

　"흐압!"

　기합성과 함께 석무도가 앞으로 나서며 창을 휘둘렀고 빛과 함께 열두 줄기의 뱀 머리가 진파랑을 향해 호선을 그리며 입을 벌리고 날아들었다.

　먹이를 향해 날아드는 뱀의 이빨은 날카로웠고 금방이라도 진파랑을 집어삼킬 듯했다. 사령창(蛇靈槍)을 극성으로 펼친 것이다.

　쉬아아악!

　강한 바람과 함께 날아드는 뱀들을 향해 진파랑은 망설이지 않고 십살풍을 펼쳤다. 내력을 끌어 올린 그의 십살풍은 거대한 빛과 함께 열십자의 도강을 만들었으며 달려드는 뱀 무리를 일거에 잘라냈다.

　파파팟!

도강에 잘려 나가는 뱀 무리 사이로 석무도의 창끝이 보였고 그곳으로 진파랑의 십살풍이 정확하게 박혔다. 석무도의 눈이 커졌고 빛은 더욱 거세게 휘몰아쳤다.

쾅!

"컥!"

산산이 부서진 창대가 사방으로 흩어졌으며 조각난 창날이 바닥에 떨어졌다. 석무도는 이십여 장이나 뒤로 밀려 나갔으며 손에 들고 있던 창대가 반은 사라진 것을 확인하자 굵은 눈썹이 꿈틀거렸다.

"쿨럭! 쿨럭!"

석무도의 입에서 검붉은 피가 토해졌고 그의 신형이 비틀거렸다. 진파랑이 만든 십살풍의 위력이 제대로 발휘된 것이다.

"장로님!"

"석 장로님!"

여기저기서 사람들이 몰려와 석무도를 부축했다. 석무도는 그런 사람들의 호의를 뿌리치고 진파랑을 노려보며 살기를 보였고 금방이라도 다시 달려들 것처럼 보였다. 상처 난 맹수의 표정과 눈빛이었지만 섣불리 나서지 못하고 경계를 하는 듯했다.

"후우……."

진파랑은 깊은 숨을 몰아쉬며 도를 고쳐 잡았다. 그의 이마에서 흘러내린 땀방울이 볼을 타고 흘렀으며 가슴이 크게 움직이고 있었다. 그도 지쳐가고 있다는 증거였다.

"내가 참 많이도 올라왔구나……."

진파랑은 가만히 중얼거리며 자신을 향해 뜨거운 살기를 보내고 있는 천문성의 수많은 사람을 둘러보았다.

지금의 자신은 과거에는 꿈도 꾸지 못할 일을 만들고 있었다. 석무도와 이렇게 싸워서 그를 밀어붙였다는 것부터가 대단한 일이라 여겼다.

"이놈!"

외침 소리와 함께 일곱 명의 붉은 무복을 걸친 무사들이 피풍의를 휘날리며 진파랑에게 날아들었다.

일곱 개의 검이 진파랑을 포위하듯 반원을 그렸고 일 장의 거리까지 접근하자 뛰어오르며 머리부터 발끝까지 모든 곳을 노렸다.

진파랑은 호법원의 고수들이 한꺼번에 달려들자 기다렸다는 듯이 혈소풍을 펼쳤다.

쉬아아악!

강력한 바람은 피 보라를 만들었고 뛰어오르던 칠 인의 무사들의 손에 들린 검이 부러짐과 동시에 피를 뿌리고 뒤로 날아갔다.

그들은 비명조차 지르지 못한 채 바닥을 굴렀으며 더 이상 움직이지 않았다. 한순간에 일어난 일에 정적만이 맴돌았다.

화르륵!

어둠을 밝히는 불길이 사방에서 피어오르고 있었으며 연무장의 중앙에 서 있는 진파랑은 여전히 무표정한 얼굴로 서 있었다.

시간은 술시를 넘어섰지만 연무장에 모인 무사들의 표정은 변화가 없었으며 지친 기색 없이 진파랑을 향해 살기를 드리우고 있었다. 아침부터 저녁까지 서 있었던 진파랑은 겉으로 보기에는 큰 변화가 없어 보였지만 상당히 지쳐 있는 상태였다.

무엇보다 긴장의 끈을 놓치지 않은 채 서 있는 게 힘든 일이었다. 하지만 자신감은 여전히 높았고 내일까지 버틸 자신이 있었다. 아니, 어떻게 해서라도 버텨야 했고 살아서 나가야 했다. 그럴 이유가 존재하기 때문이다.

'살아서 돌아간다.'

진파랑은 다시 한 번 다짐하며 오른손의 백옥도를 꼭 쥐었다.

"네 무공이 이리 대단할 줄이야. 정말 놀랍고 흥미롭구나."

신주주가 일어나 말했다. 그녀의 목소리는 쩌렁쩌렁하게 울렸다.

"고맙소이다."

진파랑은 대답했지만 경계의 눈빛을 던졌다. 내심 그녀가 협상을 해주길 원하고 있었다. 자신의 목숨을 얻기 위해 얼마나 많은 희생을 해야 하는지 진파랑은 몸으로 보여주고 있기 때문이다.

물론 신주주도 진파랑의 생각처럼 수백수천이 넘는 인원이 죽어나가야 한다면 협상을 하는 게 옳은 일이라 여겼다. 하지만 지금 상태에서 그와 협상을 할 수는 없었다. 막 신주주가 고민을 하면서 입을 열려고 할 때 문대영이 다시 허공을 날았다.

"끝장을 내보자!"

쉬악!

백색 섬광이 비쾌하게 호선을 그리며 진파랑을 향해 날아들었고 진파랑은 도를 들어 막았다.

쩡!

금속음이 울리는 순간 진파랑의 표정이 굳어졌고 그의 신형이 뒤로 십여 장이나 밀려 나갔다. 도기가 날아든 것으로 알았는데 이기어검을 펼친 것이다. 그 위력은 마치 산이 밀고 오는 것 같았다.

"흠!"

진파랑은 여전히 자신의 도에 걸친 채 밀고 있는 검날을 눈으로 주시하며 인상을 찌푸리다 내력을 끌어모아 위로 쳐냈다.

휘리릭!

허공을 날던 문대영이 땅으로 내려와 검을 받아 쥐었으며 진파랑은 굳은 표정으로 도를 내렸다.

잠시 호흡을 고르기 위해 내력을 낮춘 상태였으며 가벼운 마음으로 쳐낸 것이 실초라는 것에 진파랑은 내상을 입은 것이다.

'실초라니⋯⋯.'

진파랑의 표정이 사납게 굳어지자 문대영은 눈을 반짝였다. 자신의 한 수가 먹혔기 때문이다.

"아픈가?"

"어둠에 속은 것 같소."

진파랑은 문대영의 실력이 아니라 어둠이 검이 실체를 가렸다고 말했다. 실제 그것을 염두에 둔 것도 사실이기에 문대영은 고개를 끄덕였다.

진파랑의 대답은 그가 다쳤다는 것을 의미했다.

"허초와 실초가 바뀐 것뿐이다."

말과 함께 문대영은 다시 나서려고 했다. 그때 그의 머리 위로 수십 개의 화살이 소낙비처럼 진파랑을 향해 날아들었다.

쉬쉬쉬쉭!

화살비는 여전히 강력한 위력을 담고 있었으며 직선을 그
리고 날아들었다. 진파랑은 도를 들어 화살들을 막으며 뒤로
삼 보나 물러섰고 인상을 찌푸려야 했다. 적들이 내력을 다스
릴 여유를 안 주었기 때문이다.

"하앗!"

외침과 함께 문대영의 좌측으로 검은 그림자가 빠르게 날
아들었고 그의 우장이 푸른빛과 함께 진파랑의 안면을 노렸
다. 천문성의 장로 중 한 명인 무위도객(武威刀客) 장소삼이었
다.

진파랑은 화살을 모두 쳐낸 뒤 깊게 호흡했고 숨을 내뱉는
순간 날아든 장소삼의 우장을 도풍으로 쳐냈다.

쉬아악!

강한 바람은 장영을 삼켰으며 그 사이로 바람을 가르고 백
색 도기가 벼락처럼 떨어져 내렸다. 일도양단의 수법이었고
거대한 백색 도기는 진파랑을 금세 두 조각으로 갈라 버릴 것
같았다. 진파랑은 도를 들어 쳐올렸다.

쾅!

"큭!"

"헉!"

신음성과 함께 진파랑의 신형이 발목까지 청석 바닥에 박

혔으며 장소삼의 신형이 뒤로 십여 장이나 날아갔다. 장소삼은 어이없다는 듯 진파랑을 쳐다보았다. 자신의 한 수를 손쉽게 막았기 때문이다.

"대단하군……. 어디서 이런 무인이 나타났단 말인가? 누구의 제자냐? 사문은 어디지?"

장소삼이 묻자 진파랑은 호흡을 고르며 답했다.

"말할 수 없소이다."

장소삼은 인상을 찌푸렸다. 그는 뒤로 순식간에 물러나 문대영의 옆에 서서 물었다.

"저놈의 주변에 대해선 분명히 조사를 한 것이겠지?"

"예."

"저런 고수를 단기간에 기를 수 있는 곳이 어디 있지? 아니, 누가 있을까? 그 점에 대해서는 조사를 하였느냐?"

"저자가 강호에서 사라진 시점이 있는데… 아무래도 그사이에 기연을 얻은 듯합니다."

장소삼은 인상을 찌푸렸다. 문대영의 말은 진파랑에 대해 제대로 파악하지 못했다는 것을 의미했기 때문이다.

장소삼은 신주주에게 시선을 던졌고 그녀는 곧 장소삼의 옆으로 다가갔다.

"저자의 사문조차 모른다는 소린가?"

"예."

"본 성의 무사였다면서? 그런데 저렇게 강한 고수가 되어서 돌아왔다라… 의문이 안 들었느냐?"

"공을 들여 조사를 했지만 제대로 된 정보를 얻지 못했습니다."

"자만이로군."

장소삼의 한마디에 신주주의 표정이 굳어졌고 문대영도 인상을 찌푸렸다. 장소삼이 볼 때 진파랑이 이렇게 천문성에 대놓고 찾아올 수 있었던 것은 이들의 자만 때문으로 보였다.

"하하하하!"

큰 웃음소리와 함께 대전의 입구에 거대한 기운이 나타났다. 모두의 시선이 대전의 입구로 향했고 그곳에 장로들과 함께 문홍립이 서 있었다.

진파랑의 표정이 굳어졌고 동공이 살짝 흔들렸다.

"문홍립……."

진파랑은 수많은 일화를 남긴 강남무림의 패자이자 정점에 서 있는 문홍립을 똑바로 쳐다보았다. 그를 이렇게 만난 것은 처음이었고 그와 이렇게 얼굴을 마주 본 것도 처음이다. 또한 그가 자신을 쳐다보는 것도 처음 있는 일이었다. 심장이 두근거렸다.

일찍이 그는 강남의 수많은 문파를 패퇴시키고 천문성으

로 흡수했으며 천외성의 성주와 삼 일 동안 싸웠으며 마교의 고수들이 등장했을 때 그들을 몰아냈던 인물이다. 거기다 수 많은 녹림채를 없애고 해적들도 소탕했으며 소림과 무당에서 일주일 동안 싸운 것은 전설이었다. 화산파의 전대 장문인과 오 일을 비무했으며 승리했다고 알려져 있었다.

검을 타고 하늘을 날아다니며 장강도 한 걸음에 도약한다고 알려진 절대의 고수가 눈앞에 나타난 것이다.

진파랑은 강호의 하늘이라는 인물을 만났다는 것에 흥분하고 있었다. 드디어 그를 끌어 내린 것이다.

그것도 순수하게 자신의 힘으로 말이다.

안에만 앉아 있던 문홍립이 밖으로 나온 이유는 하나였다. 도저히 참을 수 없었기 때문이다. 몰아치는 함성 소리와 함께 불어오는 강기의 파동이 그의 심장을 자극해 그를 의자에서 일어나 밖으로 나오게 만든 것이다.

문홍립이 나타났다는 것만으로도 주변 공기가 달라진 것을 느꼈다. 수많은 무사들의 정점에 서 있는 그의 기도는 매우 패도적이어서 진파랑의 어깨를 움츠리게 만들 정도였다.

하지만 진파랑은 그의 기도를 느끼면서도 당당히 서 있었고 애써 침착한 표정을 보였다.

'운지학과는 조금 다르군.'

진파랑은 과거 운지학을 만났을 때 느꼈던 그 떨림을 떠올리며 자연스럽게 그때와 지금을 비교했다.

문홍립은 연무장에 서 있는 진파랑을 보고는 애송이란 생각을 하였다. 그의 입장에서 보면 진파랑은 분명 젊은 청년이었고 고수의 반열에 올랐다고는 하나 애송이가 분명했기 때문이다. 얼마나 많은 고수들이 그의 곁을 스쳐 지나갔는지 셀 수도 없었다.

그들 중 지금까지 살아서 당당히 강호에 이름을 올리고 있는 인물은 거의 없었다. 그것을 잘 알기에 진파랑이 어리게 보였다. 하지만 그의 무공은 인정을 해줘야 한다고 생각했다. 그렇지 않았다면 자신이 이렇게 직접 나올 일은 없었기 때문이다.

슬쩍 시선을 돌려 곁에 서 있는 문대영을 쳐다보았다.

"고생이 많구나."

"죄송합니다."

문대영은 굳은 표정으로 대답했고 문홍립은 미미하게 고개를 끄덕이며 수염을 쓰다듬었다. 그의 곁으로 홍혁성이 모습을 보였다. 그도 진파랑에게 관심이 있었기에 유심히 그를 관찰했다.

"중후하고 부드러운 기운이 느껴지는 것으로 보아 도가나 불가의 영향을 받은 것 같네."

홍혁성은 진파랑의 기도에서 느껴지는 기운에 속가나 사

파스러움이 없다는 것을 간파하고 말했다. 천문성의 무공이라면 속가적인 냄새와 함께 절로 패도적인 기운이 느껴져야 했다. 하지만 진파랑은 부드러웠으며 따뜻한 훈풍 같은 바람을 만들고 있었다.

"그리 보이나?"

"그런 듯하네."

문홍립의 물음에 홍혁성은 다시 대답했다. 문홍립은 흥미를 보이며 천천히 걸음을 옮겼다.

그가 계단을 천천히 내려오자 진파랑의 시선도 그런 문홍립을 따라 조금씩 밑으로 내려갔다. 그리고 그가 계단을 다 내려와 연무장의 끝에 서자 진파랑과 문홍립의 시선은 같은 높이에서 마주쳤다.

"내 손자가 이름 없는 강호의 무사에게 죽었다고 들었을 땐 분노를 했었지만 지금은 아니네."

문홍립의 말에 진파랑은 대답하지 않았다. 문홍립은 검의 손잡이를 잡으며 다시 말했다.

"자네의 무공을 보면 손자의 죽음은 어쩌면 당연한 것이었을지도 모르지. 내 손자의 명예를 지켜줘서 고맙네."

문홍립의 말에 진파랑은 살짝 미간을 찌푸렸다. 자신에게는 그런 의도가 없었기 때문이다. 하지만 그의 말뜻을 모르는 것은 아니었다. 자신의 명성이 높아졌으니 높아진 만큼 자신의 손에 죽은 자들도 명예를 얻을 거란 소리였다.

그것은 일반 사람들은 이해하지 못하는 강호의 생리로, 절대고수에게 죽는 것은 영광이기도 했다. 문홍립은 그것을 말하고 있었다.

스릉!

그가 검을 뽑자 패도적인 기운이 진파랑의 어깨를 내리눌렀다. 하지만 진파랑의 표정은 변화도 없이 맨몸으로 그의 압도적인 기운을 받아내고 있었다.

'엄청나군.'

진파랑은 솜털이 곤두서는 느낌이 들었다. 지금까지 강호에서 이런 느낌을 만든 사람이 과연 있었던가? 자신에게 죽음을 선물하는 사신처럼 보였다. 하나 두려움을 이겨야 했고 견뎌야 했다. 그래야 이곳에서 살아 나갈 수 있기 때문이다.

무엇보다 지금은 죽을 생각이 없었다. 사랑하는 사람이 있기 때문이다.

그녀가 있었기 때문에 이렇게 홀로 천문성에 찾아온 것이다. 그녀와의 약속을 지키려면 천문성과의 관계를 해결해야 했다.

진파랑은 문득 연심의 얼굴이 떠올랐다. 지금 왜 그녀의 모습이 떠올라 머릿속에 그려졌는지 모르지만 그녀의 모습이 힘을 주는 것 같았다.

'이길 수 있어……'

그녀의 그림자가 진파랑의 귓가에 속삭이는 듯했다.

"이곳에 왜 왔나? 죽으려고 온 것인가? 아니면 그 무공을 알려 본 성에 들어오려고 온 것인가? 그 정도의 무공이라면 손자를 죽인 원한을 잊고 받아줄 것도 생각해 보겠네."

문홍립의 말에 진파랑은 고개를 저었다.

"천문성에 들어갈 생각은 없소이다. 그저 원한을 해결하기 위해 온 것이오."

"그 원한이 자네가 해결하고자 하면 해결되는 것이라 생각하나?"

문홍립은 좌중을 둘러보며 다시 말했다.

"이 많은 사람의 원한이 자네 혼자 해결하고자 한다고 해서 해결될 것 같은가?"

그는 같은 말을 다시 하며 물었고 진파랑은 굳은 표정을 보였다. 문홍립은 미소를 던지며 말했다.

"자네에게 길은 두 가지가 있네. 자네가 죽든가 아니면 이들을 모두 죽이든가."

진파랑은 그의 말에 굳은 표정을 풀며 도를 어깨에 걸쳤다. 다분히 도발적인 행동이었고 그것은 문홍립을 자극하기 위한 일이었다. 그는 곧 깊은 숨을 내쉬며 말했다.

"한 가지가 더 있소이다. 그것은 당신을 이기는 것이오."

"허!"

문흥립은 어이없다는 듯 진파랑을 쳐다보다 이내 크게 웃었다.

"하하하하하!"

내력이 담겨 있지 않는 큰 웃음이었다. 그는 진정으로 유쾌하다는 듯 웃었다. 문흥립은 웃음을 멈춘 뒤 진파랑을 향해 말했다.

"좋다. 내 네놈의 도발에 넘어가 주마. 나를 이긴다면 천문성과의 모든 관계는 없었던 것으로 하겠다. 또한 자네의 과거 역시 본 성은 잊을 것이며 이는 성주인 내 명예를 걸고 약속하마."

"진심이오?"

진파랑의 물음에 문흥립은 고개를 끄덕이며 주변에 서 있는 수많은 천문성의 무사들을 향해 크게 말했다.

"내가 패한다면 이들 또한 네놈에게 원한을 묻지 않을 것이다."

"우와아아아!"

거대한 함성 소리가 천문성의 밤하늘로 솟구쳐 올랐다. 진파랑은 천지가 진동하는 그 느낌에 등골이 서늘해지는 것을 느꼈다. 그들이 낮보다 더욱 강한 패기를 보였기 때문이다.

"좋소이다."

진파랑은 마지막이란 생각이 들자 기운이 솟구치는 것을 느꼈다. 그 순간 문홍립이 말했다.

"시작하지."

쉬악!

말과 함께 하늘에서 거대한 빛 덩이가 마치 번개처럼 진파 랑의 머리 위로 떨어져 내렸다.

콰콩!

문홍립이 낙성검을 펼친 것이다. 급작스러운 일격은 연무장 에 거대한 구덩이를 만듦과 동시에 엄청난 바람을 몰고 왔다.

휘몰아치는 폭풍 너머로 십여 장이나 밀려난 진파랑의 상 의는 모두 찢겨 나간 채 사라져 버렸고 봉두난발의 머리카락 이 바람에 휘날렸다.

반쯤 상체를 숙인 채 도면으로 얼굴을 막고 있던 진파랑은 폭풍이 가시자 고개를 들었다. 그의 눈앞에 거대한 구덩이가 보였고 그 너머로 문홍립이 있었다.

'대단해.'

조금만 반응이 늦었더라면 자신은 분명 핏덩이가 되어 저 구덩이에 나뒹굴고 있을 게 분명했다. 구층연심공을 칠 단계 까지 올린 상태에서 내력을 구성까지 일으켜야 겨우 막을 수 있었다. 그만큼 좀 전에 보여준 낙성검의 위력은 거대했다.

"쿨럭!"

급작스러운 일격이었기 때문에 무리하게 내력을 끌어 올렸고 그로 인해 내상을 입은 진파랑은 기침과 함께 피를 토하며 막혀 있던 기혈을 풀었다.

"대단하구나."

문홍립은 그가 자신의 낙성검을 막았다는 것에 놀라면서도 호승심이 생긴 듯 검을 들었다. 그러자 그의 머리 위로 검이 하나 나타났다.

쉭!

바람처럼 검이 날아들자 진파랑은 재빨리 옆으로 피했으며 성벽 위로 올라섰다. 검이 호선을 그리고 성벽 위에 있는 진파랑을 향했고 진파랑은 도기를 일으켜 막았다.

깡!

강력한 금속음이 울렸으며 진파랑의 신형이 흔들리더니 허공으로 떠올랐다. 진파랑은 또 다른 검이 빛과 함께 번개처럼 날아들자 우측으로 몸을 날렸다.

쾅!

폭음과 함께 거대한 성벽에 구멍이 뚫렸으며 그 사이로 검날이 호선을 그린 채 진파랑을 쫓고 있었다. 진파랑은 성벽을 밟은 뒤 방향을 틀어 문홍립을 향해 날아들었다. 그의 도가 열십자의 십살풍을 만들어 그를 공격했으며 문홍립의 눈썹이 꿈틀거렸다.

쉬아악!

거대한 열십자의 도강이 문홍립을 삼킬 듯했지만 그의 주변으로 두 개의 섬광이 피어남과 동시에 거대한 빛 무리가 사방으로 퍼져 나갔다.

콰콰쾅!

폭음이 요란하게 울리며 진파랑의 신형이 연무장 좌측 전각 위로 솟구쳐 올랐다. 그 뒤로 문홍립이 떠올랐다.

"잘하는구나."

"대단하오."

진파랑은 대전의 지붕 위에 올라선 채 자신에게 날아드는 검을 쳐냈다. 강력한 반탄강기가 그의 전신을 쪼았으며 절로 허공에 떠오르게 만들었다. 그 뒤로 문홍립이 날아들자 진파랑은 대전의 지붕을 밟으며 다른 지붕 위로 솟구쳐 날았다.

쾅!

진파랑이 밟으려는 지붕에 빛 무리가 박히자 건물이 반쯤 허물어졌으며 검날이 다시 솟구쳐 올라 진파랑의 사타구니로 향했다.

진파랑은 몸을 뒤집으며 검을 피한 뒤 다가오는 문홍립을 향해 혈소풍을 펼쳤다.

쉬아아악!

폭풍 같은 바람이 문홍립을 쓸어갔고 그의 신형이 흔들리는 것 같았다. 그 순간 그가 진파랑의 머리 위에서 다시 한 번 번개를 떨구었다. 낙성검이다.

번쩍!

콰쾅!

건물이 터져 나가고 진파랑의 신형이 우측으로 솟구쳐 오르며 십살풍을 날렸다. 허공에서 두 개의 기운이 부딪쳤고 폭음성과 함께 거대한 바람이 휘몰아쳤다.

"어린놈이 대단하구나."

문홍립이 말하며 담장을 밟고 진파랑을 향해 날았으며 진파랑도 지붕을 밟고 뛰어올라 문홍립을 향해 날아들었다.

쉬쉬쉭!

수백 개의 검기 다발과 도기의 빛들이 허공중에 부딪쳤으며 그 사이로 진파랑과 문홍립의 신형이 반 장까지 가까워졌다.

따다당!

검과 도가 부딪쳤으며 진파랑의 좌우로 두 개의 검이 날아들었다. 진파랑의 신형이 흔들리는 듯하더니 땅으로 뚝! 떨어졌고 문홍립이 그의 머리를 넘으며 그의 후두부로 검기를 찔렀다. 진파랑은 앞으로 달렸고 문홍립은 인상을 굳히며 땅에 내려섰다.

진파랑은 신형을 돌린 후 호흡을 가다듬었다. 그의 어깨가 크게 움직였으며 거친 숨소리가 입가에서 흘러나오고 있었다.

문홍립의 머리 위로 네 개의 검이 원을 그리고 돌다가 밑으로 내려와 발밑에 살포시 앉았다. 문홍립은 굳은 표정으로 진파랑을 쳐다보다 자신이 거대한 정원에 서 있는 것을 알고는 입을 열었다.

"여기는 내가 자주 오던 곳이지, 본 성에서도 능금나무가 가장 많은 곳이라네."

"수려원이구려?"

"그렇지. 잘 아는군. 아름다운 곳이지."

문홍립은 고개를 끄덕였고 진파랑은 주변을 둘러보다 어느새 수려원의 인근 오십 장 너머로 수많은 인기척이 있다는 것을 알았다. 천문성의 무사들이 따라온 것이다. 그들은 오십 장의 거리를 유지하는 것 같았다.

"어떤가?"

문홍립의 물음에 진파랑은 투기가 가득 찬 눈으로 대답했다.

"할 만하오."

"좋네."

쉭!

문홍립의 신형이 사라졌다.

　　　　＊　　　＊　　　＊

'말도 안 돼.'

청란은 어이없다는 표정으로 지붕을 넘어가는 진파랑과 문홍립을 쳐다보고 있었다. 진파랑의 무공이 심상치 않다는 것은 이미 예전부터 느끼고 있었던 일이다. 그러나 그의 무공이 강호사세와 비교해서도 뒤지지 않았다는 것에는 놀라고 있었다.

이건 말이 안 되는, 꿈에서나 일어날 일처럼 느껴졌다.

'내가 꿈을 꾸는 건가?'

청란은 문득 진파랑을 상대로 협상을 하려 했던 구자용의 일이 떠오르자 등골이 서늘해지는 것을 느꼈다. 그때 하오문에서 진파랑을 공격했다면 어떻게 되었을까? 분명히 모두 죽었을 것이다.

구자용이 진파랑에게 모습을 보인 것은 시기상조(時機尙早)의 일이 아니었을까? 청란의 머릿속은 복잡하게 얽혔다.

"천하제일을 바라보는 문 성주와 저렇게 싸우다니 우리 진 소제의 무공이 하늘을 향한 것 같지 않나? 대단한 일이야."

"문 성주의 검을 받아내는 것만으로도 이미 절대고수라 봐야지요. 대종사는 아니어도 한 주의 패자는 될 것입니다. 그 정도라면 정말 대단한 것이지요. 본 파에서도 진 소제와 제대로 싸울 수 있는 인물은 세 손가락으로 꼽을 정도가 아닐까 합니다."

청풍의 말에 정심이 진중한 표정으로 말했다. 청풍은 화산파에 세 사람이나 있다는 소리에 놀라면서도 미소를 잃지 않았다. 무당에서도 세 사람은 되었기 때문이다.

"화산에서 세 명이라면 자네와 장문인이 있을 것이고 남은 한 사람은 누구인가?"

"진운 사숙님입니다."

"아하… 운 사숙님이 계셨지… 아직 살아계신가?"

"운수봉에 머물고 계십니다."

정심의 대답에 청풍은 언제 한번 찾아가야겠다고 생각했다.

"무당에서도 진 소제와 무공을 겨룰 고수가 꽤 있지 않습니까?"

"세 명 정도겠지… 정말 대단한 일이야……."

세 명이란 것에 정심도 청풍을 포함해 세 명의 얼굴을 떠올렸다. 자신의 생각이 맞는다면 장문인과 청송일 것이다.

"저희가 나설 일이 있을까요?"

"있겠지… 문 성주의 검을 계속 받아낼 수는 없을 테니… 슬슬 준비하는 게 어떻겠나?"

"예."

청풍의 말에 정심은 고개를 끄덕이며 대답했다. 진파랑이
위험하다면 나서서 구할 생각이었고 애초에 그럴 이유로 이
곳에 온 그들이었다. 물론 가장 큰 이유는 싸움 구경이었다.

쾅!

폭음성과 함께 문홍립의 검을 막은 진파랑은 허공에서 바
닥으로 떨어져 내렸다. 문홍립의 검을 막았을 뿐인데 거기에
실린 강력한 반탄강기가 폭음을 만들어내며 그를 떨어뜨린
것이다. 충격은 대단했고 전신의 근육이 고통으로 비명을 지
르고 있었다. 그렇다고 그만둘 생각은 없었다.

쉬악!

하나의 검이 은빛 섬광과 함께 달빛을 받으며 떨어져 내렸
다. 진파랑은 앞으로 나서며 검을 피함과 동시에 떨어지는 문
홍립을 향해 혈소풍을 시전했다.

슈아아악!

강력한 바람과 함께 수천 개의 도기가 실처럼 끈끈하게 이
어져 날아갔다. 문홍립은 눈을 부릅뜨며 오른손을 뻗었고 세
개의 검이 그의 앞에서 회전하며 움직였다.

쉬아악!

강한 바람이 혈소풍을 막았고 하나의 검이 허공을 날아 진

파랑의 머리 위로 떨어졌다. 진파랑은 뒤로 재빠르게 움직였다.

쿵!

진파랑이 서 있던 자리에 검이 박혔고 커다란 구덩이가 파였다. 그 위로 문홍립이 떨어졌으며 그는 검의 손잡이 위에 서 있었다.

웅! 웅!

세 개의 검이 그의 어깨 높이에 떠 있었으며 오른손에는 검을 들고 있었다. 검신을 보는 모습이 이러할까?

진파랑은 문득 어떻게 문홍립을 이겨야 할지 아득해지며 벽에 부딪친 느낌이 들었다. 망망대해를 바라보는 기분이었고 오르지 못할 산을 보는 느낌이었다.

"우욱! 퉤!"

검붉은 피를 뱉은 진파랑은 입술이 터진 듯 보였고 상체는 여기저기 긁히고 터진 상처들이 보였다. 어디서 흐르는지 모를 피들이 그의 상체를 뒤덮고 있었다. 온몸이 뻐근했고 급격하게 지쳐가는 것을 느꼈다.

문홍립은 자신의 오검을 이토록 오랜 시간 동안 받아내는 인물이 드물었기에 매우 놀라고 있었다. 자신과 이렇게 싸울 수 있는 인물은 현 강호에 다섯 손가락으로 꼽을 정도였기 때문이다. 설마하니 진파랑의 무공이 이 정도일 줄은 몰랐기에 복잡한 기분이 들었다. 놀랍고도 즐거웠다.

거기다 젊은 고수라는 점에서 흥미가 느껴졌고 욕심도 생겼다.

"애송이인 줄 알았더니 범이로구나. 그 나이에 높은 경지에 오른 것은 실로 대단한 일이다. 칭찬해 주마."

문홍립은 자신의 젊었을 때를 떠올렸다. 젊은 날의 자신과 지금의 진파랑을 비교해 보니 문득 진파랑이 위험한 존재라는 생각도 들었다. 자신이 젊었을 때보다 그의 경지가 더 높았기 때문이다. 그 말은 아직 진파랑은 더욱 높은 경지에 올라갈 시간이 충분하다는 말이 되기 때문이다.

후에 그가 진정으로 높은 경지에 들어서고 자신을 뛰어넘게 된다면 천문성이 과연 무사할까? 그렇지 않을 것 같다는 생각이 들었다.

어린 싹은 잘라야 한다고 하지만 진파랑은 어린 싹이 아니었다. 고수였고 이미 성숙한 인물이었기 때문에 쉽게 자르기는 어려울 것 같았다.

"과찬이오."

진파랑의 대답을 들은 문홍립은 땅으로 내려왔다.

"죽음이 두렵나?"

문홍립의 물음에 진파랑은 흠칫 놀라는 표정이었으나 금세 강한 기도를 내뿜었다.

"두렵소이다."

진파랑의 짧은 대답에 문홍립은 미소를 보였다.

"나도 두렵네."

슥!

문홍립은 검을 든 그의 신형이 어느새 진파랑의 앞에 나타나 목을 베고 있었다. 급작스러운 행동이었고 말을 하려던 진파랑의 틈을 노린 일격이었다. 진파랑은 노련한 문홍립의 행동에 놀라면서도 고개를 숙여 그것을 피하며 문홍립의 복부를 노렸다.

진파랑의 도가 복부를 노리자 문홍립은 검날의 방향을 바꾸어 그의 목을 쳤고 진파랑은 뒤로 튕겨 나갔다.

쿵!

검이 바닥을 친 게 아니라 검풍이 바닥을 때림과 동시에 두 개의 검이 진파랑을 향해 날아들었다.

진파랑은 날아오는 두 개의 검을 쳐냄과 동시에 앞으로 뻗어 나갔고 그 순간 문홍립의 검이 진파랑을 찔렀다. 진파랑 역시 문홍립이 아니라 검을 목표로 십살풍을 펼쳤다.

쾅!

"큭!"

진파랑의 신형이 뒤로 십여 장이나 밀려 나가다 쿵! 소리와 함께 벽면을 뚫더니 또 다른 소연무장에 다다랐다.

"하하하하! 네 강인한 육체가 나를 즐겁게 해주는구나."

"정말 대단한 것 같소."

진파랑은 담을 넘어 걸어오는 문홍립을 쳐다보며 말했다.

"그런가?"

"내가 말이오."

자신을 칭찬한 게 아니라는 사실에 문홍립은 조금 실망한 얼굴이었다. 진파랑은 깊은 호흡을 내뿜으며 어깨를 폈고 남은 내력을 끌어모았다.

"이렇게 문 성주와 손을 겨룰 줄은 꿈에도 몰랐기 때문이오. 그런데 이런 일이 생겼고 아직도 내가 도를 들고 있다는 사실이 믿어지지가 않소이다."

"칭찬을 해주지."

문홍립의 대답이 끝나는 순간 진파랑의 신형이 거대한 회오리와 함께 사라지더니 순식간에 문홍립을 향해 날아들었다. 문홍립의 표정이 굳어졌다.

"대단하구나!"

쉬아악!

은빛 섬광이 거대하게 피어남과 동시에 네 개의 검이 거의 동시에 거대한 회오리로 향했다. 그리고 문홍립의 손에 든 검이 사라지더니 빛이 떠올랐다. 천문오검의 사검인 광폭검(狂暴劍)을 극성으로 펼친 것이다.

콰콰쾅!

폭음과 함께 회오리가 사라졌고 진파랑의 신형이 뒤로 날아갔다. 문홍립 또한 오 장이나 밀려 나갔으며 그의 검들이 사방으로 흩어졌다.

진파랑의 극살풍을 문홍립이 손쉽게 막은 것이다. 강호에서 처음 펼친 초식이었지만 상대는 강호사세 중 한 명인 문홍립이었다. 그가 저렇게 막으면서 공격까지 해올 줄은 몰랐다. 그래도 어느 정도 타격은 줄 거라 생각했지만 문홍립은 너무 멀쩡해 보였다.

문홍립은 자신이 밀렸다는 것에 자존심이 상하면서도 투기가 올라오는 것을 느꼈다. 그는 흥분을 한 듯 허공을 뛰어 오름과 동시에 진파랑을 향해 검을 던졌다.

슈악!

은빛 섬광이 허공을 일직선으로 날았고 진파랑은 힘겨운 표정으로 어금니를 깨물며 바닥에 내려섬과 동시에 도를 들어 검을 막았다.

땅!

"큭! 쿨럭! 쿨럭!"

검을 막았으나 내상이 더욱 커진 듯 비틀거리며 물러섰고 기침을 했다. 그때 또 다른 검 하나가 진파랑을 향해 날아들었고 문홍립이 모습을 보였다.

슈아악!

은빛을 머금고 있는 검은 매우 빨랐으며 진파랑의 심장을 노리고 있었다. 진파랑은 인상을 굳히며 비틀거리는 몸으로 날아드는 검을 쳐냈다.

땅!

강한 금속음이 밤하늘에 울렸으며 진파랑의 신형은 거대한 기운에 눌린 듯 뒤로 십여 보를 물러섰다. 쓰러지지 않은 것만도 대단한 일이었다. 날아드는 검에 실린 힘은 상상을 초월할 정도로 강했으며 거대한 바위조차 순식간에 부숴 버리는 위력을 지니고 있었다. 그런 검을 진파랑은 막고 있는 것이다.

그 순간 또 하나의 검이 진파랑의 이마를 향해 날아들었다. 진파랑은 눈을 부릅뜨며 혈소풍을 펼치기 위해 내력을 모았다. 하지만 기혈이 순간적으로 막혔고 힘들게 도를 들었다. 그 순간 진파랑의 눈앞에 우산 하나가 떨어져 내렸다.

진파랑의 눈이 더욱 커졌고 우산과 검이 부딪쳤다.

쿵!

강한 공기의 파공성이 사방으로 휘몰아쳤다.

문홍립의 표정이 굳어졌다. 자신과 진파랑의 싸움에 끼어들 사람은 천문성에 없었기 때문이다. 누가 감히 자신의 싸움에 끼어들겠는가? 이는 있을 수 없는 일이었다.

"웬 놈이냐?"

스륵!

진파랑은 멍하니 자신의 어깨에 올라온 희고 고운 손을 쳐다보았다.

그녀의 손이었다.

그녀의 향기가 어깨를 타고 흘러들어 왔다. 따뜻한 기운이 등 뒤에서 느껴졌다.

진파랑의 심장이 터질 듯 크게 움직이기 시작했다.

슥!

연심이 모습을 보이자 진파랑은 그녀의 얼굴을 쳐다보았다. 연심의 눈과 코와 입술이 눈에 들어왔고 그녀의 고운 머리카락도 보였다. 연심은 잠시 진파랑을 보다 한 발 앞으로 나서며 우산을 들었다.

"연심이라 해요."

"아미파로구나."

문홍립은 슬쩍 이맛살을 찌푸렸다. 연심 때문에 그런 것이 아니라 진파랑의 기도가 아까와 달리 강인하게 변했기 때문이다. 그것은 강렬한 투기였으며 혼이 실린 기도였다.

"본 성의 일에 방해를 하려는 것이냐?"

"아니요, 그저 제 낭군이 보고 싶었을 뿐이에요."

"하하하하하!"

문홍립은 연심의 말에 크게 웃었다. 낭군이란 말을 했기 때문이다. 그 말은 함부로 할 수 있는 말이 아니었으며 진파랑이 죽으면 복수를 하겠다는 뜻과도 같았다. 또한 언제라도 함께하겠다는 의미도 있었다.

문홍립의 웃음소리에 연심은 진파랑에게 물었다.

"두렵나요?"

진파랑은 그녀의 말에 고개를 저으며 앞으로 나섰다.

"이제… 두려운 것은 없소."

진파랑은 기도가 전과 달리 마치 타오르는 것 같았다. 자신의 모든 것을 다 이곳에서 쏟아부을 생각이었으며 더 이상 미련은 없어 보이는 얼굴이었다.

자신을 지금까지 지탱해 준 그녀를 만났기 때문이다.

*　　　*　　　*

천문성의 너머에서 들리는 강렬한 폭음 소리는 밖에 나온 연심과 연홍의 귀에도 들려왔다. 연심의 표정은 달라진 게 없어 보였지만 아까부터 안절부절못하고 서 있는 게 연홍의 눈에 보였다. 주먹은 꽉 쥐었으며 가끔 들리는 강기의 파동 소리에 어깨가 들썩였다.

그녀는 금방이라도 천문성의 담을 넘어 뛰어들 것만 같

왔다.

"넘고 싶으냐?"

"예."

연심은 저녁노을을 바라보며 대답했다. 솔직한 대답에 연홍은 손을 저었다.

"아직은 아니다. 그래도 대단하구나…… 천문성을 상대로 이렇게 긴 시간 동안 싸우다니 말이다. 그는 진정 배포가 큰 사내로구나."

"그렇지 않아요, 무모한 짓이니까요."

"혼낼 생각이구나?"

"살아 있다면……."

연심은 조용히 답했다. 그때 그들의 주변으로 개방의 거지들이 우르르 몰려가는 것이 보였다. 거지의 수는 끊임없이 늘어나, 어디에서 저 많은 거지들이 나타났는지 모르게 엄청난 수가 천문성의 정문으로 모여들기 시작했다.

거지들의 등장에 사람들이 물러섰고 연심과 연홍도 물러섰다. 그때 또다시 거대한 폭음성이 성벽을 타고 들려왔다. 그 뒤로 문홍립의 웃음소리가 들리자 연심은 저도 모르게 성벽을 밟았다.

"이런."

연홍은 말리지도 못하고 성벽을 넘어가는 연심을 쳐다보

왔다.

그 뒤 연심은 진파랑을 쫓았고, 마침내 둘이 만난 것이다.

문홍립은 진파랑의 눈빛 자체가 달라진 것을 보고 의외라는 생각이 들었다. 이런 곳에서 죽음까지 각오한 모습을 보였기 때문이다.

"보기 좋은 모습이다. 무인처럼 보이는군."

문홍립은 진파랑의 모습을 바라보며 말했다. 하지만 진파랑 입장에서는 단순히 여자에게 잘 보이려는 남자의 모습일 뿐이었다.

자신이 얼마나 달라졌는지, 얼마나 강해졌는지 그 모습을 연심에게 보여주고 싶었다. 그리고 이제는 자신이 그녀의 뒤를 보는 게 아니라 옆에 서 있다는 것도 알려주고 싶었다.

그녀가 곁에 있자 외로움이 사라지는 기분이었다.

"다시 갑시다."

쉭!

먼저 나선 것은 진파랑이었다.

전심전력을 다한 쾌도가 가느다란 빛이 되어 문홍립의 허리를 양단했다. 문홍립은 공간을 가르는 쾌도의 모습에 검을 세웠고 쿵! 하며 뒤로 반보 밀려 나갔다. 문홍립의 눈썹이 꿈틀거렸다. 밀려났다는 것 때문이다.

하지만 그와 반대로 투지는 더욱 타올랐고 더욱 강한 기운이 그의 주변으로 모여들었다. 그 순간 지금까지와는 다른 바람 소리가 울렸다.

쐐아아악!

마치 칼로 거울을 긁는 날카로운 소성이 울리면서 진파랑의 신형이 번개처럼 앞으로 튀어나왔다. 그와 함께 일어난 바람의 칼날은 문홍립을 집어삼켜 버렸다.

콰!

폭음성과 함께 문홍립의 광폭검과 혈소풍이 부딪쳤고 진파랑은 연이어 삼 장의 거리에서 십살풍을 펼치며 접근했다.

십여 개의 작은 열십자부터 사람 키만 한 열십자의 강기가 사방에서 문홍립을 집어삼킬 것 같았지만 네 개의 검이 허공에서 회전하며 검강을 발산했다.

콰콰콰!

요란한 소리와 함께 문홍립의 신형이 뒤로 밀려 나갔고 진파랑이 앞으로 나서며 극살풍을 펼쳤다.

쉬아악!

거대한 회오리와 함께 일어난 도강의 파편들이 문홍립을 향해 날아들었다. 이미 십여 채의 집들과 세 개의 정원이 풍비박산 난 상태였고 사방에서 모여든 천문성의 무사들은 둘의 싸움을 오십 장의 거리에서 구경하고 있었다.

콰쾅!

땅이 파였고 담벼락이 무너져 내리며 문홍립이 튀어 올랐다.

"이놈!"

문홍립은 낙성검을 펼쳤고 거대한 검이 진파랑의 머리 위로 떨어졌다. 그 순간 진파랑의 신형이 사라지는 듯하더니 문홍립을 향해 전력을 다해 천풍육도의 오초인 천선풍(天旋風)을 펼쳤다.

쉬아아악!

광폭한 회오리바람이 사방에서 휘몰아쳤으며 방원 삽십여 장에 진파랑이 만든 도강이 퍼져 나갔다. 그 사이로 문홍립의 광폭검이 빛과 함께 튀어 오르며 진파랑을 향해 날아들었다. 천선풍의 도강을 뚫고 들어온 것이다.

쾅!

"큭!"

"흠……."

진파랑은 신음과 함께 문홍립이 날린 검을 쳐냈지만 뒤로 십 장이나 밀려 나가고 있었다. 그때 연심이 나타나 진파랑의 등을 잡아주었다. 하지만 둘은 일 장이나 더 밀려나야 했다.

연심의 표정이 차갑게 굳어졌다.

"쿨럭! 쿨럭!"

진파랑은 기침과 함께 피를 토하더니 비틀거렸다. 무릎에 힘이 빠진 것이다. 그런 진파랑의 어깨를 잡은 연심은 어느새 오 장이나 다가온 문홍립을 쳐다보고 있었다.

연심은 전에도 이와 비슷한 일을 기억했다. 그때는 상대가 왕만이었고 지금의 상대는 문홍립이었다. 그리고 왕만은 진파랑을 살려주었지만 문홍립과 천문성은 그럴 생각이 없어 보였다.

"자네의 목을 베어 성문 앞에 걸어둘 생각이네."

문홍립의 말에 진파랑은 어렵게 신형을 바로 하고 도를 들었다. 그때 연심이 말했다.

"그건 제가 허락할 수가 없겠군요."

"호오… 함께하겠다는 뜻인가? 아미파와 본 성은 아무런 원한이 없을 터인데 나선다는 겐가? 네가 나서면 본 성과 아미파의 관계는 악화될 것이다."

아미파를 거론하며 연심이 나서는 것을 막으려는 문홍립이었다. 연심이 나서면 그도 난감하기 때문이다. 아미파는 쉬운 상대가 절대 아니었으며 그 오랜 역사와 전통은 사라지는 법이 없었다. 무엇보다 아미파는 강호사파의 하나였고 그들은 다른 삼파인 화산과 무당, 소림과도 연관이 있었다.

"아미파의 제자가 아니라 그의 여자로서 말하는 거예요."

우산을 손에 쥔 연심의 모습에 문홍립은 인상을 찌푸렸다.

연심의 무공도 그리 녹록해 보이지 않았기 때문이다. 문득 둘이 손을 잡고 싸운다면 어떻게 될지 생각해 봤다.

'분명 대단하겠지.'

문홍립은 문득 젊을 때 사랑했던 여인의 얼굴을 떠올렸다. 그녀가 살아 있었다면 자신들도 저 둘의 관계와 같았을까? 하지만 아쉽게도 그녀는 하늘로 먼저 떠난 사람이었다.

별생각을 다 한다는 표정으로 손을 저은 문홍립은 다시 말했다.

"네가 대신 나서겠다는 뜻이냐?"

"물론이에요."

"그렇다면 둘의 목을 성문 앞에 걸어야겠군. 그것도 좋은 일이지."

문홍립은 강한 살기를 보였고 연심은 우산을 굳게 쥐고 한발 나섰다. 그때 진파랑이 그녀의 어깨를 잡으며 앞으로 나섰다.

"나는 아직 쓰러지지 않았소."

연심은 진파랑이 무리를 한다고 생각했다. 하지만 그의 눈빛은 강했으며 여전히 살아 있었다. 그의 기도가 강해지는 것을 보자 연심은 어찌해야 할까 고민했다. 하지만 그의 손을 뿌리치지는 못했다. 문득 그의 등이 보였는데 그게 넓다는 생각이 들었다.

'언제 이렇게…….'

연심은 뒤로 한 발 물러섰다. 그 모습에 문홍립은 크게 웃었다.

"하하하하! 사내의 자존심이라는 것이냐? 좋다. 그것 또한 멋이 있는 일이다! 남자로서 당연히 목숨을 다할 때까지 굽히지 말아야지. 암! 네 특별히 너를 죽이지 않으마, 하나 두 번 다시 무공을 배울 수 없는 몸으로 만들어줄 것이다."

스르륵!

네 개의 검이 문홍립의 머리 위로 솟구쳐 오르더니 천천히 돌기 시작했다. 천문오검의 마지막 천악검(天惡劍)을 펼치려는 준비였다.

천악검은 장천사에게도 펼친 적이 없는 비전이었으며 세상에 단 세 번만 보인 절기였다. 물론 그 상대는 모두 죽었다. 그런 천악검을 펼치려는 이유는 진파랑을 자신의 상대로 인정했기 때문이다.

불길한 기운 때문일까? 연심이 진파랑의 옆에 나섰다.

"함께해요."

"무슨……."

진파랑은 고개를 돌려 연심을 쳐다보았다. 그러자 연심은 가끔 보여주는 미소를 입가에 그리며 강한 기도를 내뿜기 시작했다.

"어차피 우리는 하나예요. 아닌가요?"

진파랑은 굳은 표정이었고 곧 미소를 보였다.

"내가 죽을 것 같소?"

"그래요."

"틀렸소, 절대 죽지 않을 것이오. 그러니 뒤에 계시오."

진파랑의 말에 연심은 잠시 망설였으나 이내 뒤로 물러서야 했다. 진파랑의 기백이 산처럼 보였기 때문이다.

진파랑은 구층연심공을 칠 단계의 끝까지 올린 상태에서 모든 내력을 다 모아 도에 집중했다. 무지풍을 펼치기 위해서이다. 과거 천외성에서 보였던 그 느낌을 되찾기 위해 노력했다. 그때 거대한 함성 소리가 사방에서 들려왔다.

"와아아아아!"

"우와아아!"

땡! 땡! 땡!

함성 소리 뒤에는 타종 소리가 요란하게 울렸고 이에 문홍립의 표정이 굳어졌다. 적의 침입을 알리는 급박한 소리였기 때문이다.

쉭쉭!

바람처럼 허공을 날아 신주주가 나타났다. 그녀는 문홍립에게 낮은 목소리로 말했다.

"개방이 몰려왔어요."

신주주의 말에 문홍립의 표정이 굳어지며 어깨까지 살짝
떨었다. 분노한 것이다.

"이런 거지새끼들이……."

"지금 본 성을 개방도들이 포위했고 대전 앞으로도 수없이
밀려오고 있어요."

문홍립은 어이없다는 표정을 보이다가 진파랑을 노려보았
다. 지금 여기서 진파랑과 연심을 놓친다면 후에 그들이 더
컸을 때 감당하기 어려울 것 같다는 생각이 들었다. 하지만
개방도들도 문제였다. 그들이 대대적으로 나타났다는 것은
결판을 내겠다는 뜻처럼 보였기 때문이다.

"어이쿠! 이런!"

"어허! 이런 실수를!"

휘리릭! 쉭!

허공에서 바람처럼 청풍과 정심이 진파랑의 옆에 나타났
다. 그들은 마치 실수라도 한 것처럼 어깨를 흔들면서 진파랑
의 앞을 막았다.

"두 분은?"

진파랑은 청풍과 정심이 급작스럽게 나타나자 놀란 표정
을 보였는데 정심이 재빨리 진파랑의 뒤에서 그의 수혈을 짚
었다.

쓰러지는 진파랑을 부축한 정심은 문홍립에게 미소를 던

졌다.

"오랜만에 뵙습니다, 성주님."

문홍립은 청풍과 정심의 등장에 조금 놀란 표정을 보였으나 이내 싸늘한 눈빛으로 물었다.

"화산파와 무당파가 왜 온 것이냐?"

"그냥 지나가다 실수로 들어왔지요. 아! 그런데 들어와 보니 아는 얼굴이 있지 않습니까? 진 소제가 우리와 매우 친한 사이라서 그냥 지나갈 수가 없었지요, 신세 진 것도 있고 하니 그냥 가겠습니다."

"여전히 건방지구나. 그냥 갈 수 있다고 생각하느냐?"

"하하하! 설마하니 무당과 화산, 거기다 아미까지 있는데 그냥 못 가면 어찌하려고 합니까? 밖에 개방까지 있고… 설마 성주님은 천하를 상대하려는 것은 아니겠지요?"

문홍립은 어이없다는 듯 말했다.

"여전히 불리하면 무당파를 파는구나. 못난 놈 같으니."

"원래 못난 놈입니다. 하하하! 가자!"

쉭!

말과 함께 청풍과 정심이 진파랑을 데리고 날아올랐고 연심은 당황한 표정을 보였다. 문홍립은 그런 연심에게 말했다.

"가거라. 다음에 볼 때면 각오를 해야 할 것이다."

"예."

연심은 대답 후 청풍의 뒤를 따랐다.

그들이 모두 사라지자 문홍립은 개방도를 떠올리며 신형을 돌렸다.

"대전으로 간다."

그의 표정은 상당히 굳어 있었다.

第二章
땅은 무겁다

진가도

"와아아아아!"

함성 소리와 박을 퉁! 퉁! 치는 소리, 땅을 구르는 발소리가 어우러진 시끌벅적하고 요란한 소리가 대연무장에서 울리고 있었다.

거지들 사이로 한 무리가 몰려나왔고 또다시 그 사이로 남루한 옷차림에 덥수룩한 수염을 기른 작은 키의 중년 거지가 모습을 보였다. 그는 눈을 번뜩이며 대전을 쳐다보고 있었다.

그가 보는 곳에 수많은 천문성의 간부들이 서 있었고 연무 장을 중심으로 수많은 무사들이 긴장한 표정으로 모습을 보였다. 그들은 개방의 기습적인 출현에 놀라면서도 당황한 모습은 보이지 않았다.

그들의 모습에 작은 키의 중년 거지는 고개를 끄덕이면서도 문대영을 지그시 노려보았다.

"십 년의 시간을 기다리다 이제야 찾아왔으니 성주를 부르거라."

개방주인 흑안구개(黑安口丐) 방팔은 인상을 찌푸리고 있었다. 천문성에 온 것 자체가 기분이 나쁘다는 표정이었다. 그는 연무장의 바닥에 침을 뱉은 뒤 옆에 서 있는 붉은 얼굴의 홍안노개에게 다시 말했다.

"그런데 저놈은 누구야?"

가장 중앙에 서 있는 문대영을 삿대질하며 묻는 방팔의 모습에 문대영의 인상이 굳어졌다. 무례했기 때문이다. 홍안노개는 붉은 얼굴을 실룩이다 말했다.

"문가 놈 같은데요? 얼굴이 재수 없는 성주를 닮은 듯합니다."

"어쩐지… 딱 저놈이 저기서 눈에 띄더군."

방팔의 목소는 꽤 큰 편이라 모든 사람이 들을 수 있었다.

"개방에서 무슨 일로 이렇게 친히 나타난 것이오?"

"네게 할 말은 없으니 성주를 부르거라. 아니면 장천사라도 부르는 게 좋겠지."

방팔의 말에 문대영은 다시 한 번 인상을 찌푸렸다. 천문성에 들어와서 장천사를 찾았기 때문이다. 모든 게 불쾌한 문대영이었다.

"개방주는 여기에서 장천사를 찾는 것이오? 그자는 이곳에 없소이다. 그러니 개방도들과 함께 돌아가시오."

"어디서 어린놈이 돌아가라 마라 하느냐, 나는 성주를 불렀다."

방팔의 말에 문대영의 매우 화난 표정으로 금방이라도 검을 뽑아 들고 튀어 나갈 것 같았다. 그러자 그의 옆으로 홍혁성이 나타났다.

"누가 이렇게 요란스럽게 왔는가 했더니 방 형이었군. 혼자 오기 겁나 개방도들을 모두 끌고 온 것이오?"

홍혁성이 나타나자 방팔의 표정이 굳어졌다. 과거 천문성주인 문홍립과 함께 홍혁성이 뛰어다니던 강호에서 살았었기 때문이다. 그들과 원한이 없을 수 없었다. 개방 역시 강남에서 위명을 떨쳤지만 천문성에게 밀려난 건 사실이었기 때문이다.

"재수 없는 놈이 한 명 더 있었지."

방팔은 인상을 찌푸렸고 홍혁성이 연무장으로 내려섰다. 그가 가볍게 내려오자 방팔은 앞으로 나섰다.

"혼자 오기 겁나서가 아니라 개방의 위세를 보여주려고 한 것이다."

"거지들이 위세를 떨어봤자 거지일 뿐인 것을… 쯧!"

홍혁성의 말에 방팔이 어깨를 움찔거리며 떨었다. 그러자 두 명의 장로가 튀어나와 방팔의 어깨를 잡았다. 참으라는 뜻 이었다.

문대영은 방팔과 홍혁성을 쳐다보며 주변에 서 있는 간부 들에게 차갑게 말했다.

"어떻게 저 많은 개방도들이 이곳에 왔는데 보고가 없었 지? 사전에 저들의 움직임을 파악하지 못한 건가?"

"개방도들은 늘 일정 수 이상이 움직이고 있었기 때문에 파악하지 못한 듯합니다."

곽위가 식은땀을 흘리며 대답했다. 개방에 관한 일은 그의 일이기 때문이다.

"저 많은 수가 움직이는데 몰랐다고? 자네 너무 안이하게 사는군."

"죄송합니다."

곽위는 다시 한 번 고개를 숙였고 신주주가 말했다.

"아무래도 저희의 정보망을 피해서 들어온 것 같아요. 하 락세를 보이기는 하지만 개방은 개방. 그들은 하오문에 버금 가는 정보력이 있으니까요."

곽위를 감싸주는 신주주의 말에 문대영은 인상만 찌푸렸다.

"이 일은 나중에 다시 논의하기로 하지."

문대영의 말에 곽위는 뒤로 물러섰다. 곽위의 표정은 좋지 못했고 그의 어깨를 다독이는 유영렬이었다.

방팔은 홍혁성과 금방이라도 싸울 것처럼 살기를 내뿜고 있었다. 홍혁성이 다시 말했다.

"여기까지 이렇게 온 것을 보면 단단히 준비를 한 것 같은데 본 성과 결판이라도 내자는 것인가?"

홍혁성의 물음에 방팔은 흥분을 가라앉히고 말했다.

"결판은 딴 놈들이랑 하고 문홍립이나 불러라."

방팔의 말이 끝나는 순간 바람 소리와 함께 문홍립이 홍혁성의 옆에 나타났다. 갑작스럽게 나타난 문홍립의 모습에 방팔의 표정이 굳어졌다. 그의 신형이 한순간에 대전을 넘어 날아왔기 때문이다.

파파팟!

네 개의 검이 문홍립의 앞에 박혀 웅! 웅! 울고 있었다.

문홍립은 거친 기도를 내뿜고 있었으며 방팔과 개방도들을 쓱 한번 둘러보았다. 곧 문홍립은 방팔을 향해 물었다.

"뭐 하러 왔느냐?"

"네놈과 싸우려고 십 년을 기다리다 온 것이다. 거기다 장천사도 이곳에 있다고 들었는데 장천사도 부르거라, 그놈과도 해결해야 할 일이 있으니 말이다."

"하하하하!"

문홍립은 방팔의 말에 어이없다는 듯 크게 웃은 뒤 말했다.

"싸움이야 즐기는 것이니 마다할 이유는 없다만 장천사는
내일 온다고 했다. 그놈과 만나고 싶다면 내일 왔어야 할 것
아니냐? 올 것이라면 혼자 올 것이지 어디서 냄새나는 거지
떼를 끌고 와서 시위를 하느냐?"

"혼자 오면 내가 살아서 나가겠느냐? 일단 살길은 열어야
할 것 아니냐?"

"좀 전에 진파랑이란 놈은 혼자 와서 시위하고 떠났다. 그
놈에 비하면 네놈의 간은 좁살스럽구나."

문홍립이 놀리듯 말하자 방팔은 고개를 돌려 홍안노개에
게 물었다.

"진파랑이 누구야?"

"요즘 명성을 날리고 있는 신진 고수지요, 상당한 무인으
로 거지가 된다면 좋겠다고 생각했습니다. 그럼 바로 데려올
수 있을 테니까요."

"오호… 천문성에 혼자 찾아왔다니 그 간이 마음에 드는
놈이로군."

방팔은 중얼거리며 다시 문홍립을 쳐다보았다. 문홍립이
슬쩍 미소를 던지며 말했다.

"거지 같은 새끼."

방팔이 누런 이를 드러내며 웃었다.

"거지에게 거지새끼는 욕이 아니지, 거지 같은 놈아."

문홍립이 순간적으로 앞으로 튀어 나갔다.

"오냐! 네놈의 무공이 얼마나 늘었는지 한번 감상해 봐야겠다."

"기다렸다, 이놈아!"

쉬악!

방팔이 장로들의 팔을 뿌리치고 나섰다.

문홍립의 검이 허공을 가르고 빛과 함께 앞으로 뻗어 나갔으며 방팔의 쌍장이 교차한 채 앞으로 뻗어 나갔다.

쾅!

강력한 폭음이 터졌고 방팔의 신형이 폭음 속에서 다시 빠르게 움직이며 문홍립의 하체를 노렸다. 그의 움직임은 맹수와 같았고 강한 기세를 담고 있었다. 방팔의 독문무공인 신용권(神龍拳)이었다.

용의 움직임이 보이는 듯한 방팔의 신형은 묵빛을 띠었고 은빛 검광이 먼지를 자르며 방팔을 베고 있었다.

쉬쉬쉭!

일장의 거리를 두고 접근하기 어려운 방팔은 문홍립의 틈을 노리며 검세를 피하고 있었다. 그의 움직임이 매우 빨랐기에 문홍립의 검도 수십 개의 잔상을 남기고 있었다.

"늙어서 둔해진 거 아니냐?"

"네놈의 다리도 둔해진 것 같다."

방팔이 말했고 문홍립이 대답했다. 두 사람은 서로의 무공을 잘 아는 듯 보였고 한참을 피하던 방팔이 뒤로 물러섰다.

문홍립도 검을 거두며 말했다.

"장천사는 내일 오니 내일 다시 오거라."

"내일까지 죽치고 기다리면 될 일인데 가라니? 가란다고 갈 사람이면 거지가 되었겠느냐?"

"귀찮은 것들……."

문홍립은 이맛살을 찌푸렸다. 방팔과 싸우는 것은 문제가 아닌데 그의 몸에 상처라도 생긴다면 개 떼처럼 몰려온 개방도들이 분명 달려들 것이다. 그렇다면 천문성의 무사들도 싸울 것이고 엄청난 피해가 나올 것이 분명했다.

이는 쓸데없는 싸움이었고 개죽음이나 다를 바 없는 전쟁이었다. 그것을 모를 리 없는 방팔이었다. 그런데도 그가 이렇게 개방도들을 천문성의 시야를 속이면서 끌고 온 것을 보면 단단히 준비한 것이 분명했다.

"본심을 말하거라."

문홍립의 말에 방팔이 지금까지와 다른 차가운 표정으로 입을 열었다.

"장천사가 내일 천문성에 온다는 것은 네놈과 모종의 거래가 있었다는 뜻이다. 그놈이 가져간 본 방의 강룡십팔장을 회수해야 한다. 거기다 네놈의 손에 죽은 동료들도 있으니 그 목숨값도 받아야지."

"웃기는 소리를 하고 있군그래. 네놈에게 죽은 내 동료는 없는 줄 아느냐? 그 문제는 이미 매듭을 지었을 텐데?"

방팔은 고개를 끄덕이며 대답했다.

"좋다. 그 문제는 그렇다 치고 장천사가 굳이 천문성에 오는데 거래가 없었다는 뜻이냐?"

"그놈이 어디 거래를 하는 놈이더냐?"

"그건 모르지. 일단 네놈의 얼굴부터 한 대 치고 시작하자."

쉬악!

"건방진 새끼."

팟!

방팔이 먼저 날았고 문홍립의 검 두 개가 허공을 갈랐다.

* * *

쉬쉭!

지붕을 타고 경공을 펼치는 정심의 신형은 바람처럼 가벼웠고 빨랐다. 그 뒤로 청풍이 따랐고 연심이 뒤를 이었다.

커다란 대로에 다다른 정심은 어둠 속에서 경공을 멈추었고 청풍이 놀라 내력을 거두었다.

"왜 그러는가?"

"그게……."

정심은 앞에 서 있는 연홍을 바라보며 말끝을 흐렸다. 연홍의 눈빛이 매우 차가웠기 때문이다. 연심은 연홍을 보자 옆으로 다가갔다.

"뭐하는 짓인가요?"

연홍이 묻자 청풍은 웃으며 대답했다.

"보면 모르오? 진 소제를 구한 것이오. 내 친우를 구한 것인데 문제가 있소?"

"문제가 있지요, 타인의 인생에 끼어들었으니까요. 그럴 필요가 있었나요?"

진파랑의 일에 관여한 것을 나무라는 연홍이었다. 하지만 청풍과 정심은 크게 신경 쓰는 표정이 아니었다.

"진 소제는 우리와 인연이 있는 사람이고 동생이니 당연히 끼어든 것이오. 너무 탓하지 마시오."

청풍의 말에 연홍은 깊은 숨을 내쉬었다. 그들이 큰 잘못을 한 것은 아니지만 진파랑과 천문성의 일은 연심과도 깊은 연관이 있었기에 때문에 그들의 등장이 반갑지만은 않았다.

연심이 말했다.

"세 분은 일기를 만나야 할 테니 진 소협은 제게 주세요. 제가 데리고 가겠어요."

연심의 말에 정심과 청풍은 서로를 쳐다보았고 연홍이 물었다.

"어디로 갈 생각이냐?"

"이 앞 해촌의 객잔에 머물고 있을게요. 객잔은 하나뿐이니 그곳에서 뵈어요."

"그래 알았다."

연홍의 대답에 연심은 정심에게 시선을 던졌다. 정심은 뭔가 아쉬운 표정을 보이다 연심의 손에 진파랑을 안기게 한 뒤 말했다.

"진 소제와는 오래된 사이인가?"

"네."

연심의 대답에 정심은 미소를 던졌다.

"강호의 인연이 참으로 오묘하구나."

그의 말에 담긴 뜻이 무엇인지 몰랐지만 연심은 진파랑을 안아 들고는 곧 어둠 속으로 사라졌다. 그녀가 떠나자 연홍이 입을 열었다.

"두 분도 장천사의 무공 때문에 온 것인가요?"

"그렇소."

"물론이오."

정심과 청풍은 동시에 대답했다. 연홍은 어쩔 수 없다는 듯 고개를 저으며 말했다.

"일단 같이 행동하기로 해요. 그리고 쓸데없이 나서는 일은 없었으면 좋겠어요."

"홍 낭자의 뜻이 그러하다면 그렇게 하겠소."

"이하동문이오."

연홍은 오랜만에 이들과 함께해야 한다는 것에 왠지 모를 불안감이 엄습해 오는 것을 느꼈다.

*   *   *

쾅!

폭음이 울리고 건물이 무너졌다. 그 우르릉! 하는 소리와 천지가 개벽하는 울림에 안에 있는 홍수려는 밖으로 나왔다. 그리고 저 멀리서 문홍립과 진파랑이 싸우는 소리가 들리자 급하게 이동했다. 하지만 장산이 그녀의 앞을 막았다.

"안 보는 게 좋을지도 몰라."

"왜?"

"죽을 테니까."

진파랑이 죽을 거란 말에 홍수려는 인상을 찌푸렸다.

"나 때문에 그런 거야. 나 때문에 진 가가가 저렇게 된 거니까 내가 나서겠어."

"어떻게 하려고?"

장산이 어깨를 잡으며 물었고 홍수려가 대답했다.

"죽게 놔두지 않아."

홍수려의 대답에 장산은 깊은 숨을 내쉬었다. 홍수려는 다시 말했다.

"내가 막겠어. 내가 진 가가를 죽게 하지 않을 거라고."

"어떻게? 어떻게 할 건데? 그놈은 너 때문에 천문성을 나갔으니 너를 벌하라고 하려고? 네가 문자경을 죽게 했다고? 다 네 책임이라고?"

장산이 크게 말하자 홍수려의 어깨가 미미하게 떨렸다. 자신의 말 한마디가 모든 것의 원인이 되었다는 생각이 들었기 때문이다. 하지만 이미 지나간 일이고 죽은 사람은 절대 살아서 돌아오는 법이 없었다.

"그래도 가야겠어."

홍수려는 굳은 표정으로 장산을 밀치고 앞으로 나갔다.

콰쾅!

강렬한 폭음과 함께 강기의 파동이 사방으로 휘몰아치는 정원에 도착한 홍수려는 밀리고 있는 진파랑과 몰아치는 문홍립의 은빛 섬광을 쳐다보았다. 그 속에서 움직이는 진파랑은 마치 무신처럼 보였고 그 무신을 짓누르는 천신이 문홍립인 것처럼 보였다.

둘의 싸움은 상상하기도 힘들 정도로 치열해 보였다. 땅이 파이고 아름다웠던 정원의 모습은 어디에도 없었다.

밀려나던 진파랑은 지쳐 보였고 금방이라도 쓰러질 것처럼 보였다.

"아……."

홍수려는 놀라 앞으로 나서려다 행동을 멈춰야 했다. 연심이 나타나 그를 부축했기 때문이다. 홍수려의 눈이 커졌고 연심의 목소리가 송곳처럼 귓가에 박혔다.

"제 낭군이 보고 싶었을 뿐이에요."

멀리서 들리는 연심의 목소리는 홍수려의 심장을 터지게 만들었다. 홍수려는 눈빛에 놀라움이 가득 차며 자신도 모르게 전신을 떨었다. 그것은 질투였다. 그런 그녀의 어깨를 잡는 것은 장산이었다.

홍수려의 떨림이 어느 정도 가라앉았을 때 개방의 함성 소리가 울렸고 청풍과 정심이 나타나 진파랑을 데리고 사라졌다.

홍수려는 고개를 숙였고 어금니를 깨물어야 했다. 수많은 감정들이 가슴을 때리고 있었다.

그녀는 복잡한 눈빛으로 허공을 쳐다보았다.

*   *   *

지본소는 문홍립과 싸우고 있는 진파랑의 모습을 눈에 담고 있었다. 그가 문홍립의 검강을 손쉽게 막아내는 모습에서 질투라는 감정을 느꼈으며 그가 문홍립을 공격하는 모습에서 자신의 가슴이 타오르고 있다는 것을 알았다.

지금 눈앞에서 문홍립과 싸우고 있는 진파랑을 도저히 인정할 수가 없었다. 지금 보고 있는 모습이 모두 거짓말 같고 말이 안 된다고 생각했다.

"하급 무사 주제에……."

상상도 할 수 없는 일이었고 일어나면 안 되는 일이 눈앞에서 펼쳐지고 있었다.

쾅! 쾅!

강기의 폭풍이 사방으로 휘몰아쳤으며 지본소가 서 있는 담장도 덮쳤다. 하지만 지본소는 휘날리는 머리카락을 뒤로 넘기며 눈을 가늘게 뜨고 두 사람을 쫓았다.

둘은 잔상만을 남긴 채 잘 가꾸어진 정원을 쑥대밭으로 만들고 있었으며 벌써 십여 채의 건물을 반파시킨 상태였다.

자신조차 앞에서 당당히 고개를 들어본 적 없는 상대가 문홍립이었다. 그는 신과도 같은 존재였다. 그런 존재와 싸운다는 게 믿어지지 않았다.

"죽여야 하는데……."

"쉽게 죽을 위인이 아니지."

사우령이 옆에서 대답했다. 그 역시도 매우 놀란 표정이었다. 그리고 지금 죽이려고 하는 상대가 어떤 인물인지 대충 파악이 된 것처럼 보였다.

"강호의 하늘과 싸우는 놈을 죽이겠다고 했다니……."

사우령은 자신이 죽이려고 한 상대가 저렇게 대단한 무인이었다는 생각이 들자 알 수 없는 희열을 느끼는 것 같았다. 그는 자신의 목표가 생겼다는 것에 기뻐하고 있었다.

쾅!

폭음성이 다시 울렸고 진파랑이 밀리기 시작했다. 그 모습에 둘의 표정이 풀렸다. 진파랑이 밀린다는 것은 곧 죽음이기 때문이다.

하지만 어느 순간 연심이 나타나고 진파랑이 다시 살아나자 표정이 바뀌었다. 진파랑이 죽을 것 같다가 살아났기 때문이다. 그리고 청풍과 정심이 나타나 진파랑을 데리고 가자 인상을 찌푸릴 수밖에 없었다. 문홍립이 진파랑을 죽일 수 있는 기회를 놓쳤기 때문이다.

그리고 그 기회가 자신에게 찾아왔다는 것을 알았다.

"와아아아!"

함성 소리에 사우령이 지본소에게 물었다.

"개방 새끼들이 왔다는데 가봐야지?"

"아니. 우린 임무가 있잖아? 지금이 아니면 저 새끼를 죽일 수 있는 기회가 없을지도 몰라. 반요와 석 누님을 부른다."

사우령은 그 말에 고개를 끄덕였다. 어차피 추적대가 알아서 붙을 것이다. 그 뒤를 따라가다 기회를 본다면 분명 진파랑을 죽일 수 있다고 생각했다.

"가지."

사우령이 먼저 움직였고 지본소가 뒤를 따랐다.

서문에 다다른 지본소는 일단의 무리가 소리 없이 움직이는 것이 보였다. 그들은 음영대와 호법원의 고수들이었다. 수는 백여 명 정도였으며 모두 매우 빠른 속도로 성문을 빠져나가고 있었다.

그들의 수장은 호법원의 부원주인 천살도객(天殺刀客) 조희였다. 그는 천 명을 죽였다고 알려진 인물로 대단히 살인적인 도법을 펼친다.

그들이 나가는 모습을 보던 지본소와 사우령의 옆으로 삼십 대 중반에 검은 흑의를 입고 있는 여인이 모습을 보였다. 그녀는 몸에 달라붙는 검은 무복을 입고 있었으며 얼굴도 면사로 반쯤 가리고 있었다.

"석 누님을 뵙습니다."

지본소와 사우령이 포권하며 허리를 숙였다. 석미옥은 둘의 인사에 고개만 살짝 끄덕였다. 말이 없는 인물인 듯했다. 지본소와 사우령은 어색하게 고개를 들었다.

곧 마옥이 나타났는데 그녀는 멀쩡해 보였다.

마옥을 본 석미옥의 낮은 목소리가 면사 너머에서 흘러나왔다.

"넌 가서 쉬어."

석미옥의 목소리에 마옥의 표정이 굳어졌다.

"아니에요. 저도 가야겠어요."

"당주는 접니다, 누님."

석미옥은 슬쩍 시선을 돌려 지본소를 쳐다보았다.

"난 백천당이 아니야. 그냥 진파랑을 죽이려고 온 것뿐이다."

"알고 있습니다. 하나 백천당 소속인 마옥의 거취는 당주인 제가 결정하겠습니다."

"그래라."

석미옥의 대답에 지본소는 마옥에게 시선을 던졌고 마옥은 굳은 표정으로 입을 열었다.

"할 수 있어."

"죽게 되더라도 시신을 찾지는 않을 거다."

"흥!"

마옥은 콧방귀를 날렸고 지본소는 슬쩍 미소를 던졌다. 그 때 철컹! 하는 쇳소리와 함께 반요가 모습을 보였다.

검은 옷을 입고 있는 반요는 목에 쇠사슬을 감고 있었는데 걸을 때마다 쇳소리가 울렸다. 석미옥의 미간에 살짝 주름이 그려졌고 마옥의 표정도 굳어졌다.

"반요?"

"내 이름은 반석이다. 너희들이 요괴라고 말하면서 반요라고 붙인 것이지."

반요가 인상을 쓰며 말했다.

석미옥은 네 사람을 둘러보다 살짝 눈웃음을 던졌다.

"재미있는 조합이군… 나는 먼저 갈 테니 너희들은 알아서 하거라."

쉭!

석미옥의 신형이 어둠 속에서 사라지자 사우령이 입을 열었다.

"휴… 교관님이라 그런지… 본능적으로 가슴이 조여오는 군."

석미옥의 밑에서 수련했던 기억을 떠올린 사우령의 말에 반요가 답했다.

"그 마음 알지. 나도 그러니까."

반요도 석미옥의 밑에 있었기 때문에 사우령의 마음을 이

해하는 듯했다. 지본소는 슬쩍 미소를 보이며 반요에게 물었
다.

"육방신기는?"

"다 알아."

"좋아, 가지."

지본소가 먼저 움직였고 그 뒤로 남은 세 사람이 따랐다.

*　　　*　　　*

진파랑을 안아 들고 경공을 펼치던 연심은 무슨 일인지 걸
음을 멈추고 서서 진파랑을 옆에 내려놓았다.

그녀는 칠흑처럼 어두운 주변을 둘러보았다. 눈에 보이는
것은 어두운 대로와 좌우로 넓게 펼쳐진 유채밭이었다.

쏴아아아!

찬바람이 파도 소리를 만들며 유채밭을 훑고 지나쳤다. 그
소리가 한번 지나간 뒤에 풀벌레 소리들이 사라졌고 짙은 어
둠과 적막한 침묵만이 주변을 맴돌았다.

연심은 살짝 아미를 찌푸렸다. 그 순간 핑! 소리와 함께 세
개의 비수가 어둠을 가르고 날아들었다.

어디에서 날아왔는지 모를 비수였는데 짙은 어둠 때문에
반 장까지 접근해야 그 모습을 볼 수 있었다. 연심은 우산을

펼쳤다.

따다당!

금속음과 함께 우산에 부딪친 비수들이 힘을 잃고 바닥에 쓰러졌다.

"누구냐?"

연심의 입에서 낮은 목소리가 흘러나왔고 바닥을 훑고 들어오는 검날이 보였다. 연심은 우산으로 검을 쳐내며 뒤로 물러서는 검은 인영의 복부로 우산을 찍었다.

퍽!

"컥!"

신음성과 함께 검은 인영이 풀밭으로 사라졌다. 연심은 주변을 둘러보며 우산을 펼치며 머리에 썼다. 비도 없는 어두운 밤이었고 구름에 가려졌던 달빛이 맑게 고개를 내밀 때 그녀의 달그림자가 길게 드리웠다.

쉬아아악!

십여 개의 비수가 허공을 날았고 두 명의 그림자가 좌우에서 날아들었다. 정면에서 날아드는 비수는 연심의 손에 들린 우산이 마치 방패처럼 회전하며 막았으며 두 개의 검날은 연심의 우산이 좌우로 돌아가며 막았다. 그녀는 굳은 표정으로 빠르게 사라지는 두 그림자를 쳐다보았다.

진파랑이 누워 있었기에 때문에 그녀의 보폭은 절대 반 장을 넘지 않았다. 반 장을 넘기면 누워 있는 진파랑이 다치기 때문이다.

쉭!

그때 연심의 머리 위로 검날이 나타나 금방이라도 그녀의 머리를 뚫을 것처럼 접근했다. 소리 없는 접근이었고 순간적으로 나타난 인영이었다. 연심은 우산을 펼친 채 들었다.

땅!

우산에 부딪친 검날이 금속음과 함께 튕겼으며 반탄력을 이기지 못한 검은 인영이 다시 떠오를 때 누구의 눈에도 볼 수 없는 묵빛이 번뜩였다. 손잡이에 감춰진 검이 뽑힌 것이다.

퍽!

털썩!

대로의 좌측으로 검은 인영이 신음도 없이 쓰러졌다. 연심은 여전히 우산을 들고 있었으며 굳은 표정으로 정면을 쳐다보고 있었다.

그녀가 바라보는 정면에 세 명의 그림자가 보였기 때문이다. 거리는 십 장 정도였고 셋 다 무심한 얼굴이었다.

호법원의 부원주인 천살도객 조희는 팔짱을 낀 채 연심을 쳐다보았다. 그녀의 움직임이 예사롭지 않았으며 은은한 기도가 무겁게 발목을 잡고 있는 듯했다.

"아미의 연심이라……."

"우중검 비섬검의 명성은 유명하지요."

그 옆에 서 있는 사십 대 후반의 삼조장 육선명이 답했다. 그 옆에 서 있는 검은 복면인은 말이 없었다. 음영대의 조장인 그는 말을 할 이유가 없었다.

픽!

살을 파고드는 소리와 함께 음영대원이 죽어나가자 조희는 도를 뽑아 들었다.

쉬쉭!

바람 소리와 함께 검은 그림자들이 연심과 누워 있는 진파랑을 노리고 덮쳤다. 연심은 우산을 펼쳐 날아드는 검들을 향해 강한 바람을 날렸다.

붕!

강한 바람은 전방에서 날아드는 검은 인형들을 덮쳤다. 그들은 그 풍압을 이기지 못하고 뒤로 밀려났다. 그사이 연심이 누워 있는 진파랑을 향해 다가간 세 명을 묵빛 검기로 베어버린 뒤 우산으로 쳐 날렸다.

파팟!

순식간에 일어난 매우 빠른 행동이었다.

유채밭에 떨어진 시신들은 모두 목에 구멍이 뚫려 있었고 어떻게 찔렸는지도 모르고 죽은 것 같았다.

연심의 손에는 우산만이 보였고 여전히 검은 손에 쥐고 있지 않았다. 아직 검을 쥘 상황이 아니었기 때문이다. 그녀는 여유가 있었다.

연심의 모습에 음영대의 조장은 차가운 눈빛만 흘릴 뿐이었다. 연심과 정면으로 싸워 이길 수 없다는 것을 깨달은 것은 또 다른 두 명의 음영대원이 뒤따라간 동료들과 함께 쓰러질 때였다.

"우리는 기회를 보고 다시 오지요."

살수로서의 훈련을 받은 음영대가 정면에서 연심을 이길 수는 없었다. 음영대의 조장이 소리 없이 사라지자 조희는 입맛을 다시며 아쉬워했다. 그렇다고 그들을 잡을 수는 없었다. 그들의 특기를 잘 살릴 수 있는 상황이 아니었기 때문이다.

연심은 썰물처럼 빠져나가는 무리들의 인기척을 느끼며 조희를 쳐다보았다. 그의 뒤로 이십 여 명의 무리들이 보였다. 모두 큰 키에 다부진 체격이었으며 강인해 보이는 눈빛을 흘리고 있었다. 훈련이 잘된 무사들이 분명했다.

"우린 아미파와 척을 지고 싶지 않으니 진가 놈을 그대로 두고 갈 길을 갔으면 좋겠소."

조희가 앞으로 나서서 말하자 연심의 눈빛이 투명하게 변하는 듯하더니 슬쩍 미소를 보였다. 그녀의 입가에 걸린 미소는 스산해 보였고 한기가 흘러나오는 것 같았다.

"그냥 갈 거라면 이렇게 서 있지도 않아요."

갈 생각이 없다는 뜻이었다. 조희는 인상을 찌푸렸다.

"그렇다면 둘 다 죽일 수밖에 없소."

"그게 가능하겠나요?"

스릉!

연심의 손에 검은 검이 들렸다. 그녀의 오른손에 들린 검은 달빛을 받아도 묵색으로 담담히 가라앉아 있었다. 이렇게 어두운 밤에는 그 형체조차 알아보기 어려울 정도였다. 그게 눈에 걸리는 조희였다. 검영을 볼 수 없다는 것은 무영검을 상대하는 것과 같기 때문이다.

깊은 밤이 자신들에게 유리할 것이라 생각했지만 오히려 연심에게 유리한 밤일 수도 있었다.

"쳐라."

조희의 말이 끝나자 십여 명의 무사들이 일제히 연심을 향해 달려들었다. 그들은 잘 훈련된 자들이었고 일류급에 해당하는 호법원의 고수들이었다.

쉬쉭!

검광이 번뜩이며 가장 앞선 자가 연심의 반 장 앞까지 접근했다. 검에서 일어나는 검기는 유형의 형체를 띠고 있었으며 금방이라도 연심을 잘라 버릴 것 같았다. 하지만 그자는 검을 들어 올리다 멈춰 서곤 눈을 부릅떠야 했다.

주륵!

이마에서 흘러나오는 핏물이 얼굴을 적셨기 때문이다.

"언제……?"

쿵!

다부친 체격의 사내가 앞으로 쓰러졌고 연심은 우산을 펼쳐 다른 자들의 검을 쳐냈다.

따다당!

금속음이 울리고 우산을 막은 무사들은 휘청거리며 강렬한 반탄력에 밀려 나갔다. 그 사이로 뭔가가 날아오는 것 같았다.

퍼퍼퍽!

쉴 새 없이 일어나는 타육음과 함께 연심을 향해 달려들던 사내들이 쓰러졌다. 그들은 언제 어떻게 목에 구멍이 뚫렸는지도 모르고 쓰러져야 했으며 연심의 신형은 그 자리에서 일보도 움직이지 않았다.

엄청난 쾌검이었고 그들은 모르고 있었지만 연심의 신형은 일 장 정도의 거리를 움직이고 있었다. 그녀의 보법이 그만큼 높은 경지에 다다른 것을 말해주고 있었다.

죽어가는 수하들의 모습을 눈에 담으며 조희가 허공을 날아 연심을 목을 베어갔다.

"핫!"

강한 기합성과 함께 회색 도기가 연심의 목을 노렸고 연심의 우산이 순간적으로 조희의 시야에 가득 들어왔다.

팡!

도기가 우산에 막혀 사라짐과 동시에 조희의 눈에 연심이 보였다. 그 순간 조희는 목 끝에 다다른 이질감에 놀라 목을 비틀었다.

"큭!"

핏!

피가 튀었고 땅에 내려선 조희는 깊게 베인 검상을 왼손으로 막으며 비틀거렸다.

"크륵!"

숨이 넘어가는 소리를 토하던 조희가 곧 피를 분수처럼 뿜으며 쓰러졌다. 연심은 살짝 인상을 찌푸린 채 쓰러진 조희를 쳐다보았다. 그사이 일도양단의 강한 기세로 도를 내려치는 육선명이 있었다.

펄럭!

연심은 우산을 펼쳐 들었고 우산에 도가 부딪쳤다.

팡!

"헉!"

우산에 닿은 도가 위로 튕겼으며 육선명의 신형이 위로 다시 올라갔다. 그사이 무언가 검은 그림자가 턱을 찔렀다.

픽!

피가 튀더니 육선명의 신형이 멀리 오 장이나 날아가 유채밭에 큰대자로 쓰러졌다. 죽은 육선명 앞에 누군가의 발이 멈춰 섰다.

촤륵!

쇠사슬 소리가 들렸고 육선명을 보던 사내가 고개를 들어 연심을 쳐다보며 흰 이를 드러내었다.

"좋은 먹이군."

연심의 표정이 굳어졌다. 상대방이 나타난 것을 몰랐기 때문이다. 무엇보다 천문성의 무사들이 가지고 있는 강한 패기가 아닌 사이하면서도 차가운 살기를 흘리는 상대였다.

"천문성?"

연심의 물음에 촤르륵! 소리를 내며 목에 걸린 쇠사슬을 풀어 손에 쥔 반요가 고개를 끄덕였다.

"맞아. 오랜만에 피를 볼 상대가 이런 미인이라니… 흥분되는데?"

쉭!

반요가 유채밭에서 날아 연심의 삼 장 앞에 나타났다. 그의 오른손에는 쇠사슬이 쥐어져 있었고 왼손에는 두껍게 쇠사슬이 감겨 있었다.

연심은 흥미로운 상대를 바라보는 눈빛으로 그를 살폈다. 지금까지 저런 쇠사슬을 무기를 소유한 상대를 만난 적이 없기 때문이다.

채찍을 쓰는 임정이 있지만 임정과는 제대로 싸워본 적이 없었다.

"저 여자는 보통 고수가 아니니 조심하는 게 좋을 거야."

사우령이 반요의 옆에 나타나 입을 열었다. 반요는 이미 조희가 어떻게 죽었는지 보았기에 고개를 끄덕였다.

그녀의 검은 검이 어떻게 움직였는지 희미하게 보았지만 자세히 볼 수는 없었다. 그게 문제이긴 했지만 그런 위험 요소가 없다면 무슨 재미로 싸움을 하겠는가? 반요는 오랜만에 하는 싸움이라 심장이 터질 듯 흥분하고 있었다.

슥!

옷자락 소리와 함께 대로에 검은 인영이 나타났다. 방립에 면사를 쓴 석미옥이었다. 그녀의 차가운 눈빛만이 면사 너머로 빛을 발하고 있었다.

연심은 대로에 서 있는 석미옥을 슬쩍 바라보았다. 그녀의 기운이 범상치 않았다. 빈 양손을 늘어뜨리고 있는 것으로 보아 권장을 익힌 것이라 생각했다. 검이나 도가 보였다면 의식했을 것이다.

스륵!

연심의 뒤로 십 장 정도의 거리에 또 한 사람이 모습을 보였다. 백의를 입고 있는 청년이었으며 그는 검을 손에 쥐고 있었다.

지본소가 입가에 가느다란 미소를 걸고 연심과 누워 있는 진파랑을 쳐다보았다. 목표는 진파랑이었으니 그만 죽이면 될 일이었다.

하지만 연심이 서 있었기 때문에 쉽지 않을 거라 생각했다. 그녀의 무공은 이미 알려질 만큼 알려져 있었다.

"불가에 귀의하실 귀한 몸께서 한낱 사람에게 정을 준단 말이오? 그냥 두고 아미산으로 가신다면 이 몸이 불가에 귀의를 해보겠소이다."

지본소의 목소리에 연심은 살짝 신형을 틀어 그를 쳐다보았다. 그 순간 '쉭!' 소리와 함께 비수 하나가 관자놀이를 향해 날아들었다.

귓가를 파고드는 파공성에 연심은 지본소에게 차가운 눈빛을 던지며 그것을 우산으로 쳐냈다.

땅!

비수가 떨어지고 유채밭 사이에서 마옥의 모습이 슬쩍 보였다가 사라졌다. 연심은 적의 수가 다섯이란 것에 쉽지 않을 것 같다는 생각이 들었다. 더욱이 사방이 탁 트인 곳에서 진파랑을 보호하는 것도 여의치 않아 보였다.

'천문성의 추적대를 생각지 못하다니……'

진파랑이 그렇게 천문성의 심장을 헤집어놓았으면 분명히 뒤를 노리는 자들이 있을 게 뻔한 일이었다. 자존심으로 먹고 사는 게 무림이었는데 명예를 중시하는 천문성에서 그를 가만히 놔둘 리 없었다.

혼자 진파랑을 지켜야 하는지라 평소와 달리 살수를 쓰는 그녀였다. 음영대와 호법원의 고수들을 가차 없이 베어버린 것도 그러한 이유 때문이다.

"혼자 무엇을 하겠다고……"

석미옥이 가만히 중얼거리며 누워 있는 진파랑에게 시선을 던졌다. 그녀는 그의 모습을 보자 살심이 끓어오르는 것을 느낄 수 있었다. 석청림은 그녀의 친오빠였고 어릴 때부터 함께 자란 사이였기에 그를 죽인 진파랑이 미울 수밖에 없었다.

진파랑이 죽든 자신이 죽든 둘 중에 하나의 길만이 남아 있었다.

"다섯뿐인가요?"

연심은 차가운 눈빛을 던지며 앞에 서 있는 석미옥에게 물었다. 정면을 막고 있다는 것은 이들의 수장을 의미하기 때문이다.

석미옥은 고개를 끄덕였다.

"숫자는 중요하지 않지."

"그 수로 무엇을 할 수 있다고 생각하나요?"

슥!

우산을 펼쳐 쓴 연심은 차분한 표정으로 변했다.

"중요한 건 진가 놈을 죽여야 한다는 것과 네년이 방해를 한다는 점이지. 진가만 죽으면 우리의 목적은 끝이다."

쉭!

바람처럼 석미옥의 소맷자락이 흔들렸고 십여 개의 물체가 허공을 가득 메우고 연심에게 향했다. 연심의 눈이 굳어졌고 날아드는 물체를 살폈다. 짧은 순간 그녀의 눈에 삼각형으로 이루어진 비표(匕鏢)가 날아들었다. 얇은 비표는 어른의 손톱 크기였고 자세히 보지 않으면 그 형체도 알아볼 수가 없었다.

"제게 암기는 소용없어요."

말을 하는 연심은 여유가 있었고 그녀에게는 완벽한 방어용 무기인 우산이 있었다.

촤르륵!

우산이 회전하며 날아드는 비표를 막았고 그사이 마옥의 비수가 목을 노리고 좌측에서 날아들었다. 어느새 자리를 이동한 그녀가 날린 비수는 무음에 가까웠다. 하지만 연심의 귀를 피하지는 못했다.

팡!

우산이 어느새 좌측을 돌았고 비수를 막았다. 그때 촤륵!
하며 강한 내력을 담은 쇠사슬이 허공을 날아 연심을 쳐왔고
연심은 우산을 펼쳐 막았다.

쿵!

우산에 부딪친 쇠사슬이 허공에 튕겨지자 반요는 놀란 듯
눈을 크게 떴다. 반탄력이 밀려와 어깨가 흔들렸기 때문이다.
그때 연심의 신형이 흔들리는 듯하더니 반요의 눈앞에 검은
점이 동공을 가득 채우듯 확산되어 나타났다.

반요가 놀라 얼른 쇠사슬을 들어 막았다.

쾅!

"큭!"

반요의 신형이 허공을 날아 오 장이나 뒤로 날아갔고 겨우
바닥에 내려선 그는 인상을 굳힌 채 연심을 노려보았다. 그의
기도가 사납게 일렁이기 시작했다. 그의 눈에 지본소와 사우
령이 연심에게 다가가는 게 보였다.

십여 개의 검빛과 거대한 우산의 잔상이 스쳤다.

따당!

우산에 막힌 지본소의 검빛이 사라졌고 그의 신형이 연심
을 넘어 석미옥의 옆에 내려섰다. 사우령도 어느새 석미옥의
옆에 섰다.

휘리릭!

우산은 한 바퀴 주변을 돌아 진파랑을 가리며 마옥이 던진 비수를 막았다. 마옥은 인상을 찌푸렸다.

"우산이 문제군."

석미옥은 가만히 중얼거렸다.

연심의 우산은 그냥 우산이 아니었다. 당가에서 심혈을 기울여 만든 기물로, 날카로운 무기조차도 우산의 천을 뚫을 수 없었다. 거기다 그녀가 방어용으로 사용하기 때문에 그 어떤 방패보다 단단했고 강했다.

뚫기 힘든 철벽같은 우산 때문에 고생한 고수가 어디 한둘인가? 그녀의 주변 방원 일 장의 거리는 절대적으로 안전을 확보할 수 있는 공간이었다. 하지만 진파랑을 보호해야 하는 부담감도 존재하고 있었다. 신경의 절반이 그곳으로 쏠려 있기에 평소의 실력이 다 나오지는 않았다.

핏!

검은빛이 어둠을 가르고 날아갔다. 그것은 연심이 만든 검기였고 오 장의 거리를 날아가는 검기는 금세 마옥의 목을 벨 것 같았다.

츠츠츠!

유채꽃이 줄기를 자르며 날아드는 검기의 소리는 바람과 같았고 마옥은 무언가 밀려오는 것을 바라보며 눈을 크게 떴다.

"뭐 해!"

촤르륵! 땅!

반요가 어느새 마옥의 앞을 막으며 쇠사슬로 검기를 튕겼다. 반요는 굳은 표정으로 연심을 쳐다보았다. 연심의 시선이 아쉽다는 듯 슬쩍 그들을 향하다가 곧 석미옥에게 향했다.

아주 짧은 순간 나타난 방심이란 허점을 찌른 공격이었다. 그것을 반요가 막은 것이다.

"정신 바짝 차려."

반요의 목소리에 마옥은 굳은 표정으로 고개를 끄덕였다. 좀 전에는 무언가 다가온다는 것을 알았지만 그게 검기라고는 생각지 못했다. 어둠 속에 나타난 것이기 때문이다. 무엇보다 어둠과 동화된 검은빛을 구별하는 일이 어려웠다.

"검영을 볼 수 없으니 해가 뜨고 오는 게 어떨까요? 지금은 불리해 보입니다."

사우령이 낮게 말했고 석미옥은 아미를 찌푸렸다. 상대가 연심이란 것을 알고 온 것이기 때문이다. 하지만 그녀의 검영을 볼 수 없다는 것은 분명 불리한 일이었다. 예상치 못한 일이지만 아침이 되면 진파랑이 눈을 뜰 것이다.

그게 더 큰 문제가 될 것이다.

"지금이 아니면 언제 저 새끼를 죽이지? 불리한 것은 우리가 아니라 저 계집이다."

지본소가 차갑게 말했다.

그는 지금이 아니면 다시 기회를 잡기 어렵다고 생각했다. 그의 말처럼 진파랑이 쓰러져 있는 지금이 중요했다.

음영대와 호법원이 실패한 것과 자신들이 진파랑을 죽이는 일은 별개의 문제였다. 그들이 실패했다고 해서 자신들이 실패하란 법은 없었다. 그리고 지본소는 공을 세워야 했다.

쉭!

강한 검기를 일으키며 지본소의 신형이 오 장의 거리를 순식간에 좁히고 연심에게 파고들었다. 그의 검이 앞으로 찔러왔고 연심은 우산을 펼쳐 막으려 했다. 그 행동을 미리 예상이라도 한 듯 지본소는 좌측으로 돌며 검을 찔렀고 연심의 우산이 엄청난 회전과 함께 그의 검을 정면으로 막았다.

지본소는 슬쩍 미소를 보이며 우산을 찢기 위해 검에 더욱 내력을 집중했다. 하지만 회전을 담은 우산은 지본소의 상상보다 더욱 강한 힘을 지녔으며 그의 검이 우산에 부딪치는 순간 검날이 활처럼 휘어지며 위로 튕겼다.

지본소의 신형 역시 위로 솟구쳤다. 그는 깜짝 놀라 눈이 커졌다. 회전하는 우산 너머로 반쯤 고개를 내밀고 있는 연심의 눈과 마주쳤기 때문이다. 그리고 하나의 검기가 날아들었다. 하지만 지본소의 눈은 소리 없이 진파랑을 쳐가는 반요의 쇠사슬도 보고 있었다.

팟!

검기를 쳐낸 지본소가 뒤로 날았고 연심은 재빨리 신형을 돌려 쇠사슬을 검으로 쳐낸 뒤 어느새 앞을 쳐다보고 있었다.

요지부동한 자세였고 큰 변화는 없어 보였다. 하지만 그녀의 기세는 아까보다 더욱 사나웠고 강하게 어둠을 잠식하고 있었다.

"쉬운 일이 하나도 없군."

지본소는 투덜거리며 석미옥의 옆에 내려섰다.

연심도 난감한 것은 마찬가지였다. 자신을 포위하고 있는 이들 다섯 명의 무공이 상당히 뛰어났기 때문이다.

쉬식!

바람 소리와 함께 일직선으로 마치 잠자리가 날아가는 모습처럼 석미옥이 다가왔다.

핑!

그녀의 손에 어느새 쥐어진 은빛 연검이 파르르 떨며 십여 개의 은광과 함께 연심의 전신을 노렸다.

연심은 반보 뒤로 물러서며 연검의 유연한 검기들을 쳐내고 다가오는 석미옥의 목을 찌르고 있었다. 석미옥의 고개가 옆으로 숙여지며 그녀의 검이 연심의 검을 휘감았다. 마치 뱀이 먹이를 잡아먹는 것처럼 묵검을 감은 것이다.

연심은 손목을 돌려 원을 그리며 검날에 휘감은 석미옥의 연검을 튕겨냈다. 석미옥의 표정이 굳어졌고 우산이 도끼처럼 머리를 쳐오자 뒤로 물러섰다.

팡!

우산이 바닥을 치는 듯하더니 어느새 앞으로 찌르며 강한 풍압을 발산했다. 석미옥은 검을 휘둘러 우산을 치면서 다시 물러섰고 좌측에서 반요가 쇠사슬을 던져 진파랑을 잡으려 했다.

연심은 뒤로 반보 물러나 진파랑의 옆에서 쇠사슬을 검으로 쳐냈다.

따당!

금속음과 함께 불꽃이 튀었고 쇠사슬은 허공을 날아 반요의 손으로 다시 돌아갔다. 사우령의 검이 연심의 허리를 노렸고 지본소가 다시 나타나 소리 없이 배후를 노렸지만 우산과 검빛에 둘의 공격은 무용지물이 되었다.

방어만을 하겠다고 마음먹은 연심은 산과도 같았고 철벽 같은 느낌마저 들게 했다.

촤르륵!

반요의 쇠사슬이 연심의 어깨를 향해 날아들었다. 연심은 인상을 찌푸리며 반요의 쇠사슬을 검으로 쳐내려 했다. 그때 반요가 쇠사슬의 방향을 바꿔 연심의 검을 휘감았다. 묵검을 봉쇄한 것이다.

검이 쇠사슬에 걸리자 연심의 표정이 굳어졌다. 그 잠깐의 틈을 읽은 지본소가 진파랑을 향해 달려들었고 석미옥의 품에서 나온 비표 세 개가 허공을 날았다.

"흥!"

연심은 차가운 표정으로 검을 비틀더니 원을 그렸다. 그러자 반요의 쇠사슬이 검이 내뿜는 검기의 힘을 이기지 못하고 엿가락처럼 부러져 조각났다.

따다당!

금속음과 함께 끊어진 쇠사슬은 힘을 잃었고 연심의 검을 잡아당기던 반요의 표정도 굳어졌다. 그 사이로 날아드는 비표를 쳐낸 연심은 지본소를 우산으로 공격했다.

지본소는 우산이 명치를 찔러오자 검끝으로 마주 찔렀다.

땅!

"……!"

금속음과 함께 검끝을 타고 전해지는 강렬한 반탄강기에 놀란 그는 뒤로 이십여 보나 물러서서 어깨를 떨었다. 강렬한 통증이 어깨를 찔렀기 때문이다.

"귀찮은 년이로군……."

지본소는 짜증스러운 표정으로 뒤를 돌아보더니 입을 열었다.

"밤손님이 다시 찾아오는 모양입니다. 철수하죠."

석미옥도 인기척을 느낀 듯 고개를 끄덕였다. 곧 그녀는 먼저 우측으로 사라졌고 지본소와 사우령도 신형을 감췄다.

연심은 마지막까지 자신을 보던 반요가 사라지자 깊은 한숨을 내쉬며 진파랑을 안아 들었다. 그 직후 연홍이 정심과 함께 나타났다.

"무사한가?"

정심이 급히 물었다.

"네."

"혹시 몰라 다시 왔더니 역시……."

연홍은 천문성에서 진파랑을 죽일 수 있는 기회를 놓치지 않을 거라 생각했다. 정심 역시 그녀의 생각에 동의를 했고 확인차 다시 온 것이다. 그리고 주변에 널브러진 시신들을 확인한 그들은 고개를 저었다.

"어쩔 수 없었어요."

연심의 목소리에 연홍은 그녀의 어깨를 다독였다.

"알아."

연홍이 슬쩍 미소를 보였고 정심이 말했다.

"이곳에 더 있으면 천문성의 사람들이 몰려올지도 모르니 어서 자리를 피합시다."

"네."

연심의 대답을 들은 정심은 앞으로 나섰고 순식간에 경공으로 사라졌다. 그 뒤로 연홍과 연심이 뒤따라 이동했다.

　작은 마을의 객잔에 들어온 그들은 방을 얻어 진파랑을 침상에 눕혔다. 수혈을 짚은 것이기 때문에 깨어나는 일은 문제가 아니었다.

　탁자에 모여 앉은 세 사람은 잠시 숨을 돌렸고 호롱불 빛에 반사된 세 사람의 그림자가 길게 방 안을 뒤덮었다.

　"그들은 포기하지 않을 거예요."

　연심은 무심한 목소리로 말했다. 그녀가 말하는 그들은 좀 전에 나타난 다섯 명을 뜻하는 것이었다. 그들이 다시 나타날 거라 확신했다.

　"그렇겠지… 하지만 진 소협이 일어나면 다 해결될 문제가 아니겠느냐?"

　"진 소제의 무공을 보아하니 대라신선(大羅神仙)이 찾아와도 울고 가겠더구나. 하하하!"

　정심은 진파랑의 무공에 감탄한 표정으로 말했다.

　연심이 물었다.

　"언제쯤 일어날까요?"

　"아침이면 일어날 거다."

　정심의 대답을 들은 연심은 안심한 표정이었다.

새벽이 되자 눈을 뜬 진파랑은 방 안에 앉아서 졸고 있는 연심을 발견했다. 방 안에는 그녀 혼자였고 연홍과 정심은 새벽이 되자 다시 청풍이 머물고 있는 천문성으로 떠난 상태였다.

진파랑은 전신이 아파왔지만 그것보다 연심이 걱정되었다. 자신 때문에 무리를 했기 때문이다.

슥!

진파랑이 이불을 걷고 일어나는 소리가 들리자 졸던 연심은 눈을 떴다.

"일어났어요?"

"피곤해 보이니 좀 쉬시오."

"아니에요."

고개를 저은 연심은 차를 따랐다.

또르륵!

찻잔에 스며드는 맑은 소리는 새벽 공기처럼 시원하게 느껴졌다. 진파랑은 그녀의 맞은편에 앉아 차를 마시며 깊은 숨을 내쉬었다. 여전히 가슴의 통증이 남아 있었지만 이 정도는 견딜 만했다.

"내상은 어때요?"

"멀쩡하오."

아픔은 있었지만 연심을 보자 그러한 아픔도 사라지는 것을 느꼈다.

"어떻게 된 것이오?"

진파랑은 청풍과 정심을 떠올리며 물었다. 연심은 슬쩍 미소를 보이더니 입을 열었다.

"화산과 무당의 선배님들께서 도움을 주셨고 개방이 나타나 천문성주도 물러섰어요. 그 틈에 저희는 성을 빠져나온 거예요."

"천문성주가 그냥 보내준 것이오?"

"네, 지금은 그냥 보낸다고 했어요."

진파랑은 연심의 말에 걱정스러운 표정을 보였다. 천문성과의 관계가 완전히 끝난 게 아니기 때문이다.

"천문성과는 아직도 해야 할 숙제가 남은 것 같소."

"완전히 끊어질 인연은 아니에요. 천문성과는 분명 다시만나야 해요."

연심의 대답에 진파랑은 또다시 천문성으로 찾아가야 할지도 모른다고 생각했다. 그때는 지금처럼 그렇게 호락호락하게 상대를 해줄까? 분명 아닐 것이다.

"추적대도 있었어요."

"추적대? 아… 나를 쫓아온 자들이오?"

"맞아요. 상당히 귀찮을 것 같아요."

연심은 지본소와 석미옥을 떠올리며 다시 말했다.

"그들은 분명 나나 진랑의 근처에 머물면서 주시하고 있을 거예요."

진파랑은 조금 놀란 표정으로 연심을 쳐다보았다. 그 표정에 연심은 무슨 일이냐는 듯 고개를 갸웃거렸다.

"왜요? 무슨 일 있어요?"

"아니… 진랑이란 소리가 너무 듣기 좋아서 그런 것이오."

진파랑은 슬쩍 얼굴을 붉혔고 기분이 좋은지 차를 벌컥 마셨다. 그 모습에 연심은 살짝 아미를 찌푸렸다.

"사저께서 말하길 진랑이라 부르라 하던데요? 그게 맞는 거라 해서 그렇게 부른 거예요. 틀렸나요?"

진파랑은 기분이 좋은지 손을 저었다.

"아니오, 맞는 말이오."

진파랑의 당황한 모습이 재미있다는 듯 연심은 미소를 던졌다.

*　　　*　　　*

쾅! 쾅!

강기의 회오리가 거대한 천문성의 대연무장을 뒤덮었고 수많은 거지들이 뒤로 물러났다. 그 속에서 뒤로 물러선 방팔은 양손을 교차한 채 금방이라도 문홍립을 찢어버리겠다는 듯 살기를 내뿜고 있었다.

삼 장의 거리에 물러선 문홍립은 검을 늘어뜨린 채 봉두난 발로 변해 버린 머리를 쓸어 넘기며 차가운 눈빛을 방팔에게 던지고 있었다.

방팔의 무공은 과거에 비해 상당히 높아진 것을 알 수 있었다.

'세월이 흘렀는데 지도 노력했겠지.'

문홍립은 과거의 방팔이 아니라는 것을 알았기에 수염을 쓰다듬으며 고개를 끄덕였다. 그의 무공을 인정하기 때문이다.

"손발이 과거에 비해 좀 빨라졌군."

문홍립의 말에 방팔은 콧방귀를 날리며 대답했다.

"네놈 검은 무뎌진 것 같군그래, 늙어서 그런 건가? 그 나이에 검을 잡고 있으니 무겁지 않나?"

"풋! 하하하하! 패기는 여전하구나."

크게 웃은 문홍립은 검을 들었고 하늘에서 벼락처럼 거대한 섬광이 방팔을 향해 떨어졌다. 문홍립이 펼친 낙성검을 방팔은 예상이라도 한 듯 피했다. 하지만 좌측에서 날아든 검을 발견하자 놀라 몸을 비틀었다.

"망할 새끼!"

방팔은 욕을 퍼부으며 급속도로 회전하며 검을 피한 뒤 뒤로 물러섰다.

"큭!"

팔뚝에 긴 상처가 생겼고 피가 흘러내리자 방팔의 표정이 굳어졌다. 그 뒤로 개방도들의 기도가 심상치 않게 변했으며 금방이라도 달려들 것 같았다.

방팔은 그러한 기운을 감지했기에 손을 들어 수하들의 가슴을 진정시켰다.

"괜찮으십니까?"

붉은 얼굴의 홍안노개가 물었다. 방팔은 고개를 끄덕이며 말했다.

"문가 놈의 무공이 여전히 하늘을 찌르는군그래."

"죽지도 않았으니 더욱 찌르겠지요."

홍안노개의 대답에 방팔은 인상을 찌푸렸다. 홍안노개가 얼른 뒤로 물러섰다.

"밤이 깊었는데 이제 그만 돌아가지 그러나?"

문홍립의 말에 방팔은 손을 저었다.

"아직이다!"

방팔의 신형이 희뿌연 안개에 휩싸인 채 매우 빠른 속도로 문홍립을 향해 날아들었다. 그의 움직임은 파도처럼 출렁였고 사방으로 강한 바람이 쏟아져 갔다.

방팔의 신형이 빠르게 파고들어 오자 문홍립은 검을 들어 그의 그림자를 베었다. 십여 개의 검기가 회전하며 방팔을 베었지만 그의 잔상만이 남아 흩어졌다.

방팔의 손이 검날을 스치듯 앞으로 뻗어 나와 문홍립의 가슴을 때렸고 문홍립은 검날로 손목을 자르려 했다. 방팔의 손이 검날을 움켜잡듯 보이더니 신형을 낮추어 단전을 왼팔로 찔렀다. 검을 잡고 찌르는 동작은 마치 하나인 것처럼 군더더기가 없었다.

하지만 검을 잡지 못했고 문홍립의 단전을 때릴 수도 없었다. 그의 신형이 우측에서 나타나 방팔의 목을 베고 있었다.

방팔이 놀라 재빨리 몸을 돌려 뒤로 움직였다.

휭!

바람 소리와 함께 백색 검기가 십 장이나 늘어나 그 공간을 가득 베어버렸고 방팔의 신형은 십오 장이나 물러나 있었다.

그는 문홍립의 무공이 여전하다는 것을 알았다.

"변함없이 무섭군, 무서워."

"무서우면 목이 달아나기 전에 돌아가거라."

문홍립의 말에 방팔은 그럴 수 없다는 듯 말했다.

"장천사를 보기 전에는 돌아갈 수가 없다. 정 쫓아내고 싶다면 한번 우리와 싸우든가? 힘으로 내쫓으면 할 수 없지."

방팔이 누런 이를 드러내며 웃었고 팔에 난 상처를 대충 손으로 흩어버린 뒤 연무장에 털썩 주저앉았다.

"술 좀 가져와라."

방팔의 말에 홍안노개가 술병을 주었다. 그 모습에 문홍립은 어이없다는 표정을 보였다. 마치 자기 집인 것처럼 구는 방팔의 모습에 화가 난 것이다. 방팔은 그런 문홍립의 기운을 느끼면서도 아무렇지도 않다는 얼굴로 술을 마셨다. 그 모습이 거슬리는 문홍립이다.

천하의 누가 자신의 앞에서 저렇게 오만불손하게 굴 수 있겠는가? 없을 것이다.

"그놈은 왜 자꾸 찾나? 여기 없다고 했을 텐데?"

"그럼 오겠지. 죽을 생각도 없으니 알아서 해."

"하하하하하!"

방팔의 말에 문홍립은 크게 웃었다.

"목적은 같으나 네놈들이 여기에 머물면 냄새 때문에 우리가 살 수가 없다. 그러니 저 멀리 십 리 밖으로 나가 있거라. 장천사가 나타나면 내 불러주마."

선의를 베풀듯 문홍립이 말하자 방팔은 인상을 찌푸리며 이제는 누워 버렸다.

"어차피 하늘은 다 같은 하늘이니 여기서 자나 십 리 밖에서 자나 그게 그거지."

방팔의 행동에 문홍립은 살기를 보이며 검을 들었다.

"망할 새끼들. 다 죽여 버리는 수가 있다."

문홍립의 살기에 방팔은 조금 놀란 듯했으나 어디 해보라는 듯 하품을 했다. 그 행동이 어이없는 문홍립은 금방이라도 출수할 것처럼 보였다.

"하하하하하!"

하늘 높이 커다란 광소성이 울렸다. 그 웃음소리에 방팔이 고개를 들었고 문홍립의 안색이 조금은 펴진 듯했다. 개방과 친분이 두터운 인물이 나타났기 때문이다.

구천혁은 성문을 뛰어넘어 방팔과 문홍립의 중간쯤에 자리를 잡고 섰다. 구천혁의 등장에 방팔이 자리에서 일어서며 귀찮은 표정을 보였다.

"어디서 이렇게 많은 사람들이 나타났나 했더니 협의를 중요시하는 개방이었구려. 오랜만에 뵙소이다, 방주."

정중한 구천혁의 인사였다. 방팔은 손을 들어 보이며 고개를 저었다.

"오랜만이오."

구천혁의 소림과 개방은 본래부터 친분이 두터웠기에 두 사람도 잘 아는 사이였다. 구천혁이 개방주인 방팔에게 말했다.

"협을 중시하는 개방주께서 이렇게 많은 개방도들을 이끌고 천문성에 무단으로 들어온 것은 좋은 일이 아닌 듯하오."

"구 형이 나설 일은 아닌 듯싶소."

"그렇소. 구 형이 나서면 안 되지요."

홍안노개가 방팔의 옆에서 고개를 끄덕이며 맞장구쳤다. 구천혁은 미소를 던졌고 홍안노개에게 포권한 뒤 다시 방팔에게 시선을 던졌다.

"그런 문제가 아니라 개방이 허락도 없는 집에 무작정 쳐들어갔다는 것을 꼬집는 것이오. 미리 알린 이후에 이렇게 찾아왔다면 문제가 없겠지만 그게 아니지 않소? 개방도들이 이렇게 무례한 사람들이라면 누가 좋아하겠소이까?"

구천혁의 부드러운 미소와 잘못을 꼬집는 말에 방팔은 인상을 찌푸려야 했다. 예상을 했기 때문이다.

"말만 아주 번지르르하다니까."

"틀린 말은 아닙니다."

방팔은 투덜거리며 구천혁을 쳐다보았다. 홍안노개는 그의 말이 틀린 게 아니기에 조용히 다시 말했다.

"그냥 가지요. 밤도 깊었고 오랜만에 모였는데 술판도 벌이고 해야지요?"

"그냥 가자고? 개방이 그냥 가는 것 봤어?"

방팔은 큰 목소리로 말하며 문홍립을 향해 말했다.

"구 형의 얼굴을 봐서 물러서겠는데 그냥은 갈 수 없다."

"무슨 소리냐?"

문홍립은 어이없다는 듯 물었다. 물러서겠다는 건지 아닌지 알 수 없는 없는 말이었기 때문이다.

"여기 우리 방도들이 먹을 수 있는 술과 고기를 내주면 물러서는 것으로 하지."

"허!"

문흥립이 어이없다는 듯 검을 들었다.

"뭐 이런 날강도 같은 새끼들을 봤나."

문대영이 황당하다는 표정으로 말했다. 신주주는 개방도들을 쳐다보며 깊은 숨을 내쉬었다. 저들이 마실 술과 고기를 내주려면 창고를 다 털어야 할 것 같았기 때문이다.

"그냥 모두 죽여 버리는 게 좋을 듯싶네."

홍혁성이 옆에 나타나 말했다. 개방도들을 쓸어버리겠다는 표정이었다.

"그건 너무 무리한 요구인 듯싶소."

구천혁도 방팔의 말에 반대했다. 이곳에 몰려온 개방도들을 모두 먹게 할 술과 고기가 천문성에 없는 것은 아니었지만 말없이 쳐들어와서 강탈해 가는 것과 다를 게 없어 보였다.

천하에서 천문성에 몰려와 이렇게 대놓고 시위를 할 수 있는 세력은 개방을 제외하고 없을 것이다. 그건 분명한 사실이었다.

"방주도 천문성과 싸우면 큰 낭패를 당하실 텐데 그냥 물러서는 게 어떻소이까? 불구대천의 원수도 아닌데 너무하지 않소?"

구천혁의 말에 방팔은 수염을 쓰다듬으며 고민스러운 표정을 보였다. 구천혁의 말이 다 맞는 말이기 때문이다.

하나 배고픈 것도 사실이었다.

"채면이고 뭐고 배가 고파서 그런 것이니 이해하시오. 언제 거지가 밥 주기 전에 들어온 집에서 나가는 것 봤소?"

방팔의 말에 문홍립이 귀찮다는 표정으로 말했다.

"줄 테니 물러가거라, 그리고 두 번 다시 본 성과의 원한에 대해 논하지 말거라."

"음식을 주겠다면 십 년 전의 원한도 논하지 않기로 하지."

"좋다. 이 거지새끼들에게 술과 고기를 주거라!"

"우오오오!"

문홍립이 소리쳤고 개방도들이 환호성을 질렀다.

"와아아!"

개방주는 자신이 큰일을 한 것처럼 방도들을 향해 손을 들어 보였다.

새벽 동이 터 오르는 시간, 천문성을 빠져나가는 개방도의 줄은 끝이 없어 보였다. 그 앞에 개방주인 방팔이 있었고 홍안노개와 중년 거지가 함께하고 있었다. 개방의 장로인 백무선개 신무였다.

　　　　*　　　　*　　　　*

"개방이라고?"

운지학은 술을 마시다 인상을 찌푸리며 앞에 앉은 악무루에게 다시 물었다.

"네, 개방도가 대거 몰려들었답니다."

"구 형은?"

"급히 중재를 위해 천문성에 갔습니다."

"개 떼처럼 몰려간 것을 보아하니 천문성도 곤욕을 치르겠군그래."

운지학은 재미있다는 듯 미소를 던졌다.

"그런데 개방과 천문성은 어떤 관계입니까?"

악무루가 궁금한 듯 묻자 운지학은 미소를 던지며 말했다.

"이웃사촌인데 사이가 안 좋은 사촌지간이라 보면 될 거다."

운지학의 대답에 악무루는 어떤 결론을 내릴지 몰라 인상을 찌푸려야 했다. 알 것 같은데 알 수 없는 그런 대답이기 때문이다.

"신경 쓰지 말거라. 어차피 개방과 천문성은 서로 으르렁거리기는 해도 싸우지는 않을 테니 말이다."

"그렇겠지요."

악무루는 대답을 하면서도 개방을 끌어들이는 것도 좋지 않을까 하는 생각을 하였다. 하지만 개방이 어디 쉽게 움직이는 문파였던가? 단지 지금까지 조용히 지내던 개방이 이렇게 모습을 드러낸 것도 사건이라면 사건이었다.

"진파랑은 어떻게 되었지? 죽었나?"

운지학은 진파랑의 생사가 궁금한 듯 물었다. 악무루는 고개를 저으며 답했다.

"문 성주와 일전을 치른 뒤 어떻게 되었는지 아직 모릅니다. 아침이면 알 수 있겠지요."

"그래… 죽지는 않았다는 소리로군."

진파랑이 죽었다면 천문성은 벌써 그 소식을 성 밖에 알렸을 것이다. 천문성의 명예가 걸려 있는 문제였기 때문이다.

"그래도 진 소협은 대단합니다. 천문성에 단신으로 들어가다니요… 꿈도 못 꿀 일인데……."

"대범하다고 봐야지. 죽었다면 어쩔 수 없겠지만 만약 살았다면 이는 강호의 큰 사건이 될 것이다."

"물론이지요… 진 소협의 명성은 분명 강호에 퍼질 것입니다."

악무루는 고개를 끄덕였고 청공은 미소를 던지며 차를 마시다 입을 열었다.

"진 형의 무공이 대단하니… 쉽게 죽을 리는 없지요."

"잘 아는 모양이구나?"

운지학이 물었고 청공은 다시 대답했다.

"그의 무공은 대단할 뿐만 아니라 하늘에 올라설 것입니다."

강호의 사세와 비견되어도 충분하다는 말에 악무루의 표정이 굳어졌다. 하지만 운지학은 미소를 보이며 부정하지 않았다. 그 역시도 진파랑을 알기 때문이다.

第三章
싸움은 끝이 없다

눈을 뜬 진파랑이 가장 처음 본 것은 의자에 앉아 눈을 감고 있는 연심의 모습이었다. 살짝 열린 창문 틈으로 들어온 햇살이 연심의 어깨를 비췄고 고운 목선을 타고 희뿌연 아지랑이가 피어나고 있었다.

그녀의 피부는 백옥처럼 고왔고 빛이 나는 듯했다. 아니, 어쩌면 그 빛은 진파랑만이 보는 것이 아닐까? 그렇지 않다면 다른 사람들도 보는 것일까? 진파랑은 문득 연심을 바라보는 사람이 자신을 제외하고 없었으면 좋겠다고 생각했다.

그건 욕심이었고 자신이 그만큼 연심을 사랑한다고 생각

했다.

목숨을 걸고 천문성에 들어간 것도 모두 연심을 위해서였다. 그녀와의 단란한 미래를 잠시 꿈꿨기 때문이다. 그러기 위해서는 천문성과의 은원을 해결해야 했다. 더 이상 자신 때문에 다른 사람이 다치는 것을 볼 수 없었으며 그 사람이 절대 연심이 되어서도 안 되었다.

"후우……."

깊은 심호흡과 함께 연심은 조용히 눈을 떴고 그녀의 맑고 투명한 눈동자가 진파랑을 향해 움직였다.

진파랑은 이불을 걷고 일어났다.

"일어났어요? 몸은 어때요?"

연심의 목소리가 들리자 진파랑은 기분이 좋아지는 것을 느꼈다.

쪼르륵!

연심은 진파랑의 찻잔에 차를 따라주었다.

"깨어나니 당신이 있었소."

진파랑은 마치 어제의 싸움이 없었던 사람처럼 평온한 표정이었고 연심을 보자 모든 것이 사라지는 것을 느꼈다.

"정말 다행이오."

진파랑은 다시 말을 하며 차를 마셨다. 밋밋하게 식어버린 차였지만 지금 이 순간은 맛이 좋았고 달달하게 느껴졌다. 그는 곧 연심을 뒤에서 안았다.

갑작스러운 진파랑의 행동에 연심은 놀랐지만 이내 힘을 풀며 조용히 목을 감고 들어온 그의 팔에 얼굴을 기댔다. 진파랑의 목소리가 다시 들렸다.

"다시는 못 볼 줄 알았소."

진파랑은 조금 떨었고 그 흔들림을 연심이 모를 리 없었다. 그런 그의 팔을 연심은 말없이 두드려 주었다.

문흥립의 검은 매우 무거워서 이길 수 있을까보다 버틸 수 있을까를 고민하게 만들었다. 이대로 도망을 칠 것인가 아니면 처절하게 싸우다 죽을 것인가를 생각하게 만들었다. 진파랑의 굳은 의지를 꺾어버릴 만큼 그는 강한 상대였다.

의지가 꺾이면 모든 것이 사라진다.

진파랑은 자신의 가장 큰 재산은 강한 의지라고 생각했다. 그것이 있었기 때문에 지금까지 버틴 게 아닐까? 예전에는 이 강한 의지로 연심을 이기고 싶다는 생각과 마음을 키웠고 지금은 이 의지로 연심과 함께할 수 있는 사람이 되고 싶었다.

어깨를 누르는 무거운 짐을 떨쳐 버릴 정도로 강한 사람이 되어야 했다.

"이렇게 함께 있으니 마음이 편하네요."

연심의 목소리에 진파랑은 미소를 보였다. 그는 팔을 풀었고 곧 연심의 옆에 앉았다. 그리고 말없이 그녀를 쳐다보며 연심의 손을 잡았다. 손은 고왔고 이렇게 예쁜 손이 검을 들고 싸운다고 생각하자 왠지 어울리지 않아 보였다.

"아미파에서 내려온 것이오?"

"네, 나왔어요."

"나 때문에 내려온 것이오?"

"맞아요."

연심의 목소리는 여전히 무미건조함이 있었지만 그것조차도 진파랑은 좋아하고 있었다. 그녀만의 매력이었기 때문이다.

"앞으로 어떻게 할 생각이에요?"

연심의 물음에 진파랑은 생각을 정리하는 듯 잠시 뜸을 들이다 대답했다.

"함께 여행을 가는 것은 어떻겠소? 천문성도 잊고… 강호를 돌아다니고 싶소."

진파랑의 말에 연심은 미소를 보였다. 그녀의 미소는 상당히 매력적으로 다가왔지만 곧 아쉬움을 남기고 사라졌다. 연심은 미소를 거두며 말했다.

"아미산을 내려올 때 사저와 함께 왔어요. 지금 천문성으로 갔기 때문에 가봐야 해요. 사저께 말은 해야 해서요. 그 이후에 함께해요."

연심의 말에 진파랑은 살짝 아쉬운 표정을 보였다. 또한 천문성에 가야 한다는 것이 마음에 걸렸다. 이번에 가면 완전한 결판을 내야 했기 때문이다.

"다시 가야 한다라… 하긴 제대로 된 결말을 지어야지."

진파랑은 어차피 다시 만나야 한다면 기회가 될 때 만나야 겠다고 생각했다. 더욱이 지금은 혼자가 아니라 연심이 곁에 있었다.

그녀만 곁에 있다면 두려운 상대는 없었다.

"알겠소."

"고마워요."

진파랑은 문득 생각난 얼굴로 물었다.

"그러고 보니 내일이면 장천사가 천문성으로 온다는데 그 일 때문에 구경을 가는 것이오?"

연심은 고개를 저었다.

"아니에요, 풀지 못한 은원을 풀기 위해 장천사를 만나는 거라 들었어요."

진파랑은 장천사와의 은원이란 말에 연심의 사저라는 사람이 대단한 인물이라 생각했다. 천하에 그와 은원을 해결하려 하는 사람이 몇이나 있겠는가? 장천사는 자신이 아는 한 천하제일이 분명했다. 문홍림과 운지학을 만났지만 그들의 기도는 장천사와 조금 달랐기 때문이다.

그 미묘한 차이가 실력의 차이라고 생각했다. 장천사는 다른 사람들이 가지고 있지 못한 무언가를 가지고 있는 인물이었다.

"언제 갈까요?

연심의 물음에 진파랑은 미소를 던졌다.

"일단 밥은 먹고 갑시다."

진파랑은 배를 만지며 대답했다.

하지만 둘은 모르고 있는 게 있었다. 그들이 머물고 있는 객잔 주변으로 수많은 천문성의 무사들이 몰려들고 있었고 그 가운데 윤청학과 석무도가 있었다.

문가혁은 호림원의 삼천 무사를 이끌고 평범하고 작은 마을에 들어섰다. 그들이 나타나자 마을 주민들은 문을 걸어 잠그고 소리 없이 사라졌다.

"이대로 두면 강호의 하늘이 될지도 모를 사내를 우리가 잡아봅시다."

문가혁의 말에 그의 좌우로 늘어선 부관들이 굳은 표정을 보였다.

*   *   *

"지와자 좋구나! 아자자!"

"오늘도 하루 종일 죽도록 놀아보자고! 마셔!"

거대한 벌판을 가득 채운 거지 떼 사이로 수십 개의 불이 피어나고 있었으며 고기와 술독이 늘어서 있었다.

배부르게 먹고 마시고 놀고 있는 거지들 사이로 백색 점 하나가 보였다. 그는 가장 가운데에 위치한 커다란 장작더미 옆에 앉아 술과 고기를 먹으며 거지들과 어울리고 있었다.

"아이고, 형씨. 이참에 우리 개방에 들어오는 건 어떤가?"

백의 장년인의 앞에 앉아 함께 술을 마시던 중년 거지가 물었다.

"아니, 이렇게 얻어먹게 해주는 것도 고마운데 개방에 가입이라니요? 당치 않습니다. 거기다 아직은 이 옷이 좋아서… 하하하하!"

장년인은 호방하게 웃으며 중년 거지가 건네주는 술을 마셨다. 그들과 조금 떨어진 작은 움막에서 기침 소리와 함께 한 사람이 눈을 비비며 나섰다. 개방의 방주인 방팔이었다.

그는 큰 하품과 함께 밖으로 나와 앉았다.

"술 좀 가져오거라."

일어나자마자 찾는 건 술이었다. 옆에 있던 거지가 술을 가져오자 방팔은 벌컥거리며 마신 뒤 기지개를 폈다.

"좋구나, 좋아!"

고개를 끄덕이며 천문성에서 뺏어온 술맛을 음미하던 그는 문득 눈에 띄는 백의 인영이 보이자 인상을 찌푸렸다.

"저건 또 뭐야? 누구냐?"

방팔의 물음에 옆에 있던 젊은 거지 취선개가 말했다.

"모르겠는데요? 어제부터 함께 놀고 술을 마셨던 것 같은데요? 장로님들 중 한 분의 동료가 아닐까요?

"너 아냐?"

홍안노개에게 묻자 홍안노개는 고개를 저었다.

"모르는데요."

홍안노개의 모습에 방팔은 인상을 찌푸리며 거지들 틈에 껴 있는 백색 점에게 다가가다 그와 얼굴이 마주치자 눈을 부릅떴다.

백의 장년인이 손을 들어 보이며 미소를 던졌다.

"어이! 방주, 오랜만이네."

방팔은 자신을 향해 반가운 미소를 던진 백의인을 보자 충격에 빠진 듯 어깨를 들썩이다 주먹을 움켜쥐며 어금니를 깨물었다.

"이… 이… 이 자식! 장천사아!"

방팔은 사자후를 터뜨리며 외쳤고 번개처럼 장천사를 향해 달려들었다. 그의 오른 주먹에 거대한 기운이 담겼으며 금방이라도 장천사를 때려죽일 기세였다.

"아침부터 왜 그러나? 말로 하자고."

휘리릭!

장천사의 신형이 허공으로 높이 솟구쳤다. 그에 빈 허공을 때린 방팔이 소리쳤다.

"뭐 하느냐! 진법을 펼쳐 저 자식을 가둬라!"

방팔이 외치는 순간 도대체 무슨 일인지 몰라 눈만 멀뚱히 뜨고 있던 거지들이 우왕좌왕하기 시작했다.

"빨리! 빨리 움직여!"

"타구진을 펼친다!"

"어이 어서! 자는 놈들 다 깨워!"

여기 저기 외침 소리가 터졌고 방팔은 씩씩거리며 허공에서 떨어지는 장천사를 쳐다보았다. 그때 장천사의 신형이 순식간에 멀어지기 시작했다.

"앗!"

방팔은 놀라 눈을 부릅떴다. 도대체 어떻게 허공에서 떨어지는 몸을 저렇게 화살처럼 튕겨 나가게 할 수 있는지 궁금했기 때문이다.

"진법은!"

방팔이 외쳤고 옆으로 취선개가 다가왔다.

"저기… 이미 떠났는데요?"

"제기랄! 발 빠른 놈들만 따라와라!"

방팔이 소리치며 순식간에 장천사를 쫓았다.

벌판을 가로지르는 방팔의 주변으로 먼지구름이 일어났고

그 뒤로 십여 명의 거지가 따르고 있었다. 방팔은 삼백 장을 질주하다 걸음을 멈췄고 십 장 거리에 서 있는 장천사를 응시했다.

장천사는 뒷짐을 진 채 서 있었는데 방팔을 기다리고 있는 것처럼 보였다. 그는 방팔이 나타나자 미소를 보이며 뒷짐을 풀었다.

"이놈! 장천사! 내게서 가져간 비급을 내놓거라!"

"약속된 시한은 아직 일 년이나 남았는데 벌써 달라고 하시나? 그동안 무공이 많이 늘었나 보군?"

슥!

장천사는 품에서 얇은 책 한 권을 꺼냈다. 거기에는 강룡십팔장이란 제목이 써 있었다. 그것을 본 방팔의 눈이 커졌다.

"필사본이네."

"원본은?"

방팔의 목소리가 울렸고 그는 순식간에 거리를 오 장이나 좁혀왔다. 장천사가 손을 들어 그의 접근을 막았고 방팔이 멈춰 서자 입을 열었다.

"원본은 가져간 적이 없네, 난 그냥 한번 봤을 뿐이야… 이건 내가 기억해서 만든 필사본이고 주석도 달았어, 아마 익히기 쉬울 거네."

주석까지 달았다는 그의 말에 방팔은 인상을 찌푸렸다.

"정말인가? 정말 원본은 모른다는 건가?"

"금시초문(今始初聞)이다."

장천사의 대답에 방팔은 이맛살을 찌푸렸다. 그가 거짓말을 하는 위인은 아니었기 때문이다.

"내가 개방의 비급을 가져갈 이유가 있는가? 아무래도 이 건 내가 누명을 쓴 것 같은데… 흠… 개방뿐만 아니라 몇 개의 문파에서도 내게 같은 말을 해서 조사를 좀 해야 할 것 같네."

"흥! 가져가지 않았다고?"

"일단 받게."

휙!

장천사는 비급을 던졌고 방팔은 재빨리 그것을 받아 쥐고 살폈다. 안의 내용은 확실히 강룡십팔장이었고 그림까지 같았다. 새삼스럽게 장천사가 무섭게 느껴졌다.

"일단 이건 받아 가겠네."

"그러시게나."

장천사의 대답에 방팔은 비급을 품에 넣으며 다시 말했다.

"그래도 우린 해야 할 일이 있지 않은가?"

방팔은 내력을 끌어모았고 그의 기도가 강하게 장천사를 압박했다.

방팔의 신형이 바람처럼 움직이며 장천사를 압박하기 위

해 접근했다. 순식간에 장천사의 코앞까지 접근한 방팔은 우권으로 장천사의 복부를 찔렀고 좌수로 목을 내려치려 했다. 동시에 움직이는 그의 모습을 장천사는 간단하게 뒤로 두 발 물러나 피했다.

그 직후 장천사의 발이 방팔의 면전으로 뻗었다.

휙!

장천사의 앞발이 위로 뻗어 올라와 턱을 가격하려 하자 방팔은 재빨리 고개를 뒤로 젖혀 피한 뒤 허리를 숙이며 장천사의 다리를 노렸다. 몸을 지탱하는 왼쪽 발목을 발로 가격하려한 것이다.

휘릭!

순식간에 방팔의 신형이 사라지며 회오리와 함께 왼발을 노리고 발이 들어오자 장천사는 깡총거리며 뛰어올라 피했다. 그 직후 상체를 뒤집어 방팔의 백회혈을 노리고 오른 팔꿈치로 찍었다.

한 대라도 맞으면 절명할 것 같은 위력의 팔꿈치가 도끼처럼 내려왔고 방팔은 앞으로 나서며 장천사의 단전으로 주먹을 위로 쳐 올렸다. 장천사는 방팔의 주먹을 왼손으로 막으며 더욱 높게 지솟아 뒤로 날아가 땅에 내려섰다.

"좋군."

장천사는 미소를 던지며 방팔과의 공방에 만족한 표정을

보였다.

순식간에 일어난 일로, 눈 한 번 깜빡이는 찰나의 순간 두 사람은 몇 번의 손을 교환한 상태였다. 곁에서 구경하는 사람들에게는 장천사와 방팔의 잔상이 아직도 남아 있는 것처럼 보였다.

방팔은 숨을 깊게 내쉬었다.

"여전하군그래."

깊은 숨을 내쉰 방팔은 단 한 호흡 동안 일어난 공방에 불만이 많았다. 그 한 호흡에 몇 번의 교환이 있었지만 이렇다 할 승기를 잡지 못했기 때문이다.

"검객이 검을 써야지."

투덜거리는 방팔은 장천사를 자신을 상대할 때 검을 들지 않았다는 게 불만으로 보였다. 장천사는 실제 무기를 든 상대에게는 검을 들어 응대했고 맨손인 사람에게는 맨손으로 상대했다.

방팔은 권법의 대가였으며 천하제일이라 불려도 손색이 없을 만큼 권장에 능한 인물이었다. 그런 방팔을 장천사는 맨손으로 상대하고 있었다.

방팔의 입장에서는 자존심이 상할 수밖에 없었다. 하지만 소림의 권공을 익히고 자기만의 권법을 가지고 있는 장천사를 이기는 게 쉬운 일은 아니었다.

휙!

방팔은 다시 한 번 앞으로 나서며 신용권을 펼쳤다.

쉬아악!

강한 바람 소리와 함께 용이 꿈틀거리는 환영이 장천사를 덮쳤고 강렬한 주먹이 그 속에서 날아들었다.

장천사는 원을 그리며 좌장을 앞으로 내밀어 막았다.

쾅!

강한 폭음성과 함께 회오리치는 바람이 사방으로 휘몰아쳤으며 방팔의 우권과 장천사의 좌장이 마주친 상태였다. 장천사가 펼친 나한장에 방팔의 신용권이 순식간에 막혔다.

장천사는 여유 있는 미소를 보이고 있었으며 방팔은 인상을 굳힌 채 투덜거렸다.

"아파 죽겠다."

휙!

방팔이 뒤로 물러나 주먹을 만지며 호호 불었다. 장천사는 좌장을 거두며 말했다.

"내게 볼일이 남았다면 나를 찾아올 것이지 왜 또 천문성을 괴롭히나?"

"네놈이 천문성에 간다고 하니까 간 거지 그냥 갔겠느냐?"

"그럼 혼자 갈 것이지."

"혼자 가면 그 문가 놈이 가만히 있을 것 같나? 그놈은 음

흉해서 혼자 갔으면 분명 나를 죽였을 거야. 암… 그런 놈이 치."

방팔이 팔짱을 끼며 자신의 말이 정답이라는 듯 고개를 끄덕였다. 그 모습에 장천사는 혀를 차며 말했다.

"그건 네 생각이지. 문 성주가 개방주를 죽이겠나? 전쟁이라도 나면 어쩌려고? 그는 손해 볼 장사를 하는 인물이 아니네."

"내가 판단할 문제지 네놈이 왈가불가할 일이 아이다. 내가 그렇다면 그런 거야. 말이 많아."

방팔의 대답에 장천사는 여전하다는 표정으로 고개를 저었다. 방팔의 저런 독선적인 면이 문제를 만들기도 했기 때문이다. 그리고 그것이 개방이 천문성에게 밀린 이유이기도 했다.

"내게 볼일이 남았나?"

"아직 많지. 그런데 오늘은 이만 물러가도록 하겠네. 너무 아프거든."

방팔이 손을 털며 말했고 장천사는 미소를 던졌다.

방팔은 장천사와 한번 겨뤄보고 아직 자신이 모자라다는 것을 알았다. 거기다 자신의 수하들도 있는데 장천사에게 더 덤벼서 창피를 당하는 것만큼은 피해야 했다. 그래도 방주가 아니던가? 방주라면 패하는 일이 없어야 했다.

기회가 생겼을 때 빠지는 게 가장 현명한 선택이기도 했다. 방팔은 곧 다시 말했다.

"시간이 된다면 개봉으로 놀러 와."

"그러지."

장천사의 대답에 방팔은 곧 수하들과 함께 멀어졌다. 이미 방팔은 자신이 원하는 비급을 얻었기 때문에 더 이상 장천사와 엮이고 싶지 않았던 것이다.

장천사는 갈 길을 가기 위해 신형을 돌리다 오 장의 거리에 서 있는 홍의 여인을 발견하고 보기 드물게 굳은 표정을 보였다.

상대는 연홍이었다.

"여기 있었군요."

"이런……."

장천사는 살짝 미간을 찌푸렸다. 가장 상대하기 까다로운 인물이 눈앞에 있기 때문이다.

"천문성에 간다고 하더니 이런 곳에 있었나요?"

스릉!

연홍은 말과 함께 검을 뽑아 들었다. 그녀의 살기는 강했고 장천사는 어떻게 해야 할지 고민스럽다는 표정을 보였다.

연홍은 주저 없이 한 걸음 나서더니 어느새 장천사의 반 장 앞까지 접근해 그의 가슴에 검을 찔렀다.

쉭!

비쾌했고 순식간에 일어난 일이었다. 절정의 고수라 해도 피하기 어려울 것 같았다. 그 찰나의 빈틈이란 것을 발견하고 찔렀기 때문이다.

장천사는 자신이 빈틈을 보였다는 것에 놀라면서도 뒤로 물러나 피했다. 무인이 뒤로 물러나는 일은 사실 그리 좋은 일이 아니다. 자존심이 상하는 일이었고 피한다는 것 자체가 문제가 있었다. 실력이 없는 자들이 피하기 때문이다.

하지만 장천사는 뒤로 물러나는 것에 주저함이 없었다. 연홍의 검이 허공을 찔렀고 희뿌연 검기가 반 장이나 늘어나 장천사의 심장을 노렸다. 연홍도 장천사가 피할 것을 알고 있는 듯했다.

장천사는 좌측으로 몸을 돌려 피했으며 연홍의 검이 삽시간에 삼십여 개로 늘어나 장천사의 허리를 베어갔다. 소홍검법이다.

장천사는 잔상과 함께 뒤로 십 장이나 물러섰다. 그가 사라지는 것을 확인한 연홍은 인상을 찌푸렸다.

"왜 이렇게 나를 못 잡아먹어서 안달인 것이오?"

"무슨 소리인가요? 이건 인사인데? 거기다 나를 차버린 남자인데 원한이 없다면 말이 안 되지요. 제 원한은 갚을 자신이 없잖아요? 당신이 죽으면 저도 죽을 테니 걱정하지 마세요."

휘릭!

연홍의 신형이 바람처럼 장천사를 압박했고 장천사는 할 수 없다는 듯 깊은 한숨과 함께 검을 뽑아 들었다.

땅!

금속음과 함께 연홍의 검을 밀쳐낸 장천사는 주저 없이 신형을 돌리더니 화살처럼 앞으로 튀어 나갔다.

연홍의 표정이 굳어졌다. 하지만 수십 개의 검기가 허공에서 장천사를 노리고 나타나자 청풍이 온 것을 알았다.

장천사는 자신의 앞을 가로막는 수십 개의 검기들을 일검에 베어버렸다.

쉬아아악!

긴 검기의 고리가 청풍이 만든 검기들을 날려 버렸으며 그 사이로 나타난 청풍을 향해 일검을 찔렀다.

쉭!

빛과 함께 날아드는 검기는 매우 빨랐으며 청풍은 눈을 부릅뜨고 검기를 피하며 검을 꼬아 쳐 내렸다.

휘리릭!

강렬한 회풍이 일어났고 그 사이로 장천사가 스치듯 지나쳤다. 청풍은 자신을 지나치는 장천사의 검에서 빛이 날아들자 우측으로 피했다.

팟!

빛이 지나쳤고 장천사가 앞으로 사라졌다. 청풍은 단 두 수에 자신이 밀려났다는 것에 인상을 찌푸리면서도 유쾌한 얼굴로 검을 거두었다.

"하하하하! 내일 봅시다, 장 형!"

장천사는 청풍의 목소리를 들으며 천문성으로 향했다.

장천사는 관제묘가 보이자 그곳으로 들어가 품에서 건포를 꺼내 씹으며 운기를 했다. 아주 짧은 운기였지만 내력은 회복되었고 심신이 다시 안정을 찾았다.

"휴……."

깊은 한숨을 내쉰 장천사는 고민스러운 표정으로 관제묘를 나와 소롯길을 걸었다. 눈에 보이는 것은 푸른 하늘과 맑은 숲이었고 계곡의 물소리가 멀지 않은 곳에서 들렸다. 장천사는 계곡으로 향했고 그곳의 맑은 물을 마시며 잠시 큰 돌에 앉아 휴식을 취했다.

"고민이군."

장천사의 고민은 사실 단 한 가지였다. 다른 사람들과의 약속이나 과거의 원한이 아니라 바로 제자였다.

이제 제자를 받을 때가 되었기 때문에 고민에 빠진 것이고 세상에 나온 것이다. 다음 대의 장천사를 키우는 것이 그의 책임이고 의무였다. 하지만 눈에 들어오는 인재는 좀처럼 찾기가 어려웠다.

원한이야 대충 해결하면 그만이지만 제자는 달랐다. 십 세 전의 아이여야 했고 적어도 자신만큼 똑똑해야 했다. 한 번 보면 웬만한 건 다 기억할 수 있는 머리가 중요했다.

그런 인물이 천하에 얼마나 있을까? 그런 아이를 찾는 것은 결코 쉬운 일이 아니었지만 분명 어딘가에 마음에 차는 아이가 있을 거라 생각했다. 앞으로 인재를 찾기 위해 십 년이고 이십 년이고 천하를 주유하게 될지도 모르는 일이었다.

"휴⋯⋯."

장천사는 다시 한 번 깊은 한 숨을 내쉬며 자신을 가르친 늙은 스승이 대단하다고 생각했다. 자신을 찾기 위해 이십 년을 유랑했다고 했기 때문이다. 이십 년이 어디 짧은 세월인가? 매우 길고 긴 시간이었고 여정이기도 했다.

"이런 곳에 누가 있나 했더니… 자네로군."

장천사는 말소리에 고개를 들었고 어느새 맞은편에 앉아 있는 홍혁성이 보였다. 장천사는 미소를 보이며 가볍게 손을 들었다.

"또 봅니다. 그런데 이런 곳에 혼자 나와 있다니요?"

"몰랐나? 여긴 내가 자주 산책하는 곳이네."

"여기도 천문성의 땅인 줄 몰랐소."

장천사의 말에 홍혁성은 미소를 보이며 수염을 쓰다듬었

다. 그는 곧 신과 버선을 벗더니 맨발로 맑은 계곡물에 발을 담갔다.

"좋구나 좋아."

홍혁성은 기분이 좋은지 어린아이 같은 미소를 보였다. 보기 드문 얼굴이었다. 맞은편의 장천사도 신과 버선을 벗은 뒤 맨발로 계곡 물에 발을 담갔다.

계곡의 차가운 기운이 발을 간지럽혔고 흘러가는 물살이 무언가 속삭이는 듯했다.

"자네와 이렇게 단둘이 있는 게 몇 년 만이지?"

"십오 년 정도 되지 않았을까요?"

"오래되었군."

홍혁성은 고개를 끄덕이며 과거 장천사와 싸웠던 기억을 떠올렸다. 자신의 무공을 검공으로 모두 막은 두 번째 인물이 장천사였다. 첫 번째는 문홍립이었다.

그 직후 문홍립과도 싸운 장천사는 지친 얼굴로 물러섰고 홍혁성은 그런 그를 따라붙었다. 사실 자신과 싸우고 문홍립과 싸운 장천사는 내력이 바닥이었고 홍혁성은 문홍립과 장천사가 싸울 때 내력을 회복했기에 순식간에 장천사를 압박할 수 있었다.

하지만 그는 그러지 않았다. 그날 홍혁성은 장천사와 이렇게 마주 앉아 말없이 시간을 보냈었다. 그리고 내력을 회복한 장천사와 다시 한 번 싸웠으며 물러섰었다.

물론 그 이후에도 둘은 몇 번 싸웠던 상대였다.

"본 성에 들어오면 쉽지 않을 것이네."

"알고 있습니다."

"구 형과 운 형도 있지……."

"역시……."

장천사는 운지학과 구천혁을 떠올렸다. 개개인이 이미 천하를 논하는 고수들이었다. 그런 고수 세 명과 상대해야 하는 장천사였다.

"제 이름을 다시 한 번 천하에 떨칠 기회지요."

장천사는 미소 지었고 홍혁성은 고개를 끄덕였다.

*　　　*　　　*

객잔의 주변으로 천문성의 무사들이 들어차자 수많은 마을 사람들이 자취를 감추었으며 객잔 내부에 있던 사람들도 모두 어디론가 사라지고 없었다.

창문을 열어놓았던 진파랑은 마을을 뒤덮은 천문성의 무사들을 쳐다보며 살짝 미간을 찌푸렸다. 그 수를 헤아릴 수 없었기 때문이다.

길목마다 천문성의 무사들이 보였고 지붕 위에도 무기를

손에 쥔 무사들이 있었다. 궁을 든 무사들도 멀리 보였고 모두 강한 기세를 내뿜으며 위풍당당(威風堂堂)한 모습으로 접근했다.

"많군."

진파랑은 가만히 중얼거렸고 그 뒤로 연심의 얼굴이 살짝 보였다. 그녀는 천문성의 무사들이 객잔 주변을 가득 메우자 인상을 찌푸렸으나 두려움은 없어 보였다.

어차피 만나야 할 상대였고 이겨야 했다. 걸어온 싸움을 피할 이유도 없었으며 검을 드는 순간 두려움은 버려야 했다.

"많네요."

연심은 진파랑의 목소리에 동조하듯 대답했다.

진파랑은 연심을 슬쩍 바라보며 미소를 던지다 다시 창밖으로 수많은 천문성의 무사들을 쳐다보았다.

"이 많은 자들이 모두 나를 죽이려고 몰려온 자들이오."

연심은 그 말에 슬쩍 미소를 보였다. 심장이 두근거렸기 때문이다. 죽을지도 모르는 위기였지만 왠지 모르게 그렇게 슬프거나 두렵지는 않았다.

진파랑은 연심의 손을 잡으며 다시 말했다.

"대단하지 않소? 일개 무인일 뿐인데 이리도 많은 자들이 몰려왔으니 말이오. 내 목숨값이 높아진 모양이오."

진파랑의 말에 연심은 고개를 끄덕였다. 곧 그녀는 맑은 눈동자를 반짝이며 말했다.

"혼자 죽을 생각은 하지 마세요."

"물론이오."

진파랑은 그녀의 손을 힘주어 잡았고 연심은 슬쩍 미소를 던졌다.

"어차피 죽어야 한다면 함께 죽읍시다. 하지만 살게 된다면 함께해야 할 것이오."

"살게 된다면 함께할게요."

연심의 목소리는 무미건조했지만 조금 높은 편이었다. 표현은 안 하고 있었지만 그녀도 상당히 격앙되어 있었으며 심장이 튀어나올 것처럼 크게 뛰고 있었다.

저 멀리 궁수들이 활시위를 당기는 게 보였고 곧 그들의 손을 떠난 화살들이 까맣게 하늘을 물들었다.

진파랑은 하늘을 바라보다 창문을 닫으며 연심의 허리를 안았고 그녀의 입술에 입을 맞추었다.

탁!

쉬쉬쉭!

파파팍!

수백 개의 화살이 객잔의 벽을 파고들었으며 진파랑이 머물고 있던 방의 창문에도 박혔다.

휭! 픽! 픽!

횡! 횡!

여전히 화살들은 끊임없이 날아들고 있었다. 객잔 전체는 순식간에 고슴도치로 변해가고 있었으며 여전히 화살들은 계속 날아가고 있었다.

가장 중점적으로 날아가는 곳은 진파랑이 보였던 창문 주변이었고 어느 순간 불화살들이 객잔을 뒤덮기 시작했다.

파곽! 곽! 픽!

화르륵!

객잔에 박힌 가시 같은 화살 때문에 치솟은 불길은 크고 빠르게 사방으로 번져 나갔다. 검은 연기가 하늘로 솟구치고 뜨거운 기운이 사방으로 휘몰아치는 객잔은 금방이라도 무너질 것처럼 보였다.

"안 나오는군."

문가혁은 치솟는 불길을 바라보며 인상을 찌푸렸다. 저 정도면 나와야 했기 때문이다.

"곧 나오겠지요."

"불길 때문에 나오는 게 아니라 연기 때문에 분명 모습을 드러낼 겁니다."

문가혁의 옆에 있던 부관인 장환이 말했다. 그는 평범한 인상에 중년의 나이였으며 허리에는 검을 차고 있었다. 어디에서도 흔히 볼 것 같은 얼굴이었지만 호림원의 감찰관이었고 상당한 실력자였다.

그리고 그의 말이 끝나고 얼마 지나지 않아 지붕을 뚫고 솟구치는 두 개의 인형이 있었다.

진파랑과 연심이었다.

"쏴라!"

큰 목소리가 문가혁의 우측에서 울렸고 수백 개의 화살이 허공으로 솟구쳤다.

쉬쉬쉬쉭!

허공으로 솟구쳤던 진파랑은 도를 들었고 연심은 우산을 펼쳤다.

횡!

회전하는 우산이 날아드는 화살비를 막았으며 서서히 땅으로 떨어져 내렸다. 두 사람이 내린 자리는 빈 지붕 위였으며 둘의 발이 지붕에 닿는 순간 기다렸다는 듯이 지붕을 뚫고 창날들이 튀어나왔다.

집 안에는 천문성의 무사들이 있었으며 그들은 진파랑과 연심의 발을 노리고 찌른 것이다. 하지만 진파랑과 연심은 서쪽을 향해 몸을 움직였으며 창날이 튀어나왔을 땐 두 사람의 발이 지붕을 떠난 뒤였다.

"단단히 마음먹었군."

진파랑은 준비가 철저하다는 생각으로 말했고 연심은 고

개만 끄덕였다. 그녀가 우산을 펼쳐 땅에 내려서자 날아드는 세 명의 검날을 우산으로 쳐내며 연속으로 그들의 가슴에 좌장을 날렸다.

퍼퍼퍽!

"크억!"

신음성과 함께 세 명이 동시에 뒤로 날아갔고 그들의 신형을 넘어 다른 무사들이 달려들었다. 연심은 망설이지 않았으며 앞으로 전진하는 그녀의 우산이 십여 개의 그림자를 만들고 있었다.

따다당! 퍼퍽!

검과 함께 무사들의 어깨와 머리를 가격한 그녀는 빠르게 앞으로 전진했고 뒤에서 따라오는 진파랑은 후미를 맡고 있었다.

퍽!

"큭!"

진파랑의 도가 어깨를 베고 지나치자 천문성의 무사가 비틀거렸고 뒤로 물러섰다. 진파랑의 도는 다시 빛을 발하며 좌우에서 날아드는 검을 쳐냄과 동시에 무형의 도기로 그들의 가슴을 베었다.

사악! 슥!

"크악!"

"컥!"

살이 베이는 날카로운 소음과 함께 비명성이 터졌고 피를 뿌리며 무사들이 쓰러졌다.

"빠져나갈 수 있겠소?"

"물론이에요."

진파랑의 물음에 연심은 주저 없이 답했다. 그녀가 앞으로 나갔고 진파랑이 그녀의 등에 등을 붙이면서 뒷걸음질을 했다.

진파랑은 뒤를 신경 쓰지 않았다. 뒤에 있는 사람이 연심이기 때문이다. 연심 역시 뒤를 걱정하지 않았다. 진파랑이 뒤를 봐주는데 무엇이 걱정이겠는가? 연심은 과감하게 우산을 휘둘렀다.

땅! 퍽!

날아드는 검이 우산의 힘에 부러지고 검을 든 무사가 우산에 그대로 목을 가격당한 채 쓰러졌다. 목이 꺾여 즉사한 것이다. 그 위로 연심이 지나쳤고 진파랑이 움직였다.

진파랑의 도는 여지없이 백색 빛을 뿌리며 접근하는 무사들을 막았고 베었다.

퍽!

또 한 명의 무사가 진파랑의 도에 복부가 베이면서 쓰러졌고 다른 무사들이 달려들었다. 진파랑은 쾌도를 펼쳤으며 그들은 접근하기도 전에 목과 배에서 피를 뿌리며 쓰러졌다.

진파랑의 움직임은 간결했고 눈으로 쫓기 어려울 만큼 빨랐다.

어느새 연심과 진파랑이 마을의 중앙에 자리한 커다란 공터에 다다르자 수많은 천문성의 무사들이 포위했다. 천문성의 무사들은 끊임없이 그 수가 증가했으며 여전히 공격을 해오고 있었다.

연심의 우산과 진파랑의 도가 빛을 번뜩이며 그들을 물리쳤고 조금씩 서쪽으로 이동하고 있었다.

"좋구나, 좋아."

쉭!

천문성의 무사들을 뛰어넘으며 석무도가 도를 번뜩였다. 그의 강렬한 도광이 진파랑을 덮쳤고 진파랑은 뒤에 있는 연심을 생각하며 인상을 찌푸렸다. 피하면 안 되기 때문이다.

진파랑은 도를 들어 날아드는 유형의 도기를 막았다.

팍!

도기가 사라졌고 강한 바람이 불었다.

연심 역시 윤청학의 검이 푸른빛과 함께 날아들자 전진하는 발을 멈추고 우산을 펼쳐 막았다.

땅!

금속음과 함께 윤청학이 물러섰고 연심과 진파랑은 등을

마주했다.

연심은 표정의 변화가 크게 없었다. 단지 아까보다 조금 더 싸늘한 눈빛이랄까? 맑은 눈동자가 더욱 투명하게 빛나는 것 같았다.

"서쪽으로 가면 뭐가 있을까요?"

진파랑은 그녀의 물음에 잠시 고민하는 듯하더니 입을 열었다.

"우리가 살던 집이 있을 것이오."

목적지가 정해지는 말이었고 연심은 고개를 끄덕였다. 혹시라도 떨어지면 만나야 할 장소가 필요했기 때문이다.

"만약에 떨어지더라도 그곳에서 만나기로 해요."

"이렇게 붙어 있는데 떨어지는 일이 있겠소?"

"만약에 말이에요."

그녀의 말에 진파랑은 굳은 표정으로 대답했다.

"알겠소."

진파랑의 대답이 끝나는 순간 연심의 신형이 흐릿하게 변하더니 어느새 윤청학을 향해 우산을 찔러갔다.

윤청학은 연심이 먼저 공격을 해오자 놀라면서도 빠르게 검을 들어 우산을 쳐냈다.

땅!

금속음과 함께 우산이 밀려 나갔고 그 순간 연심의 좌수가 우산의 끝에서 검을 빼 들었다.

스릉!

검이 빠져나오는 소리와 동시에 묵빛 검광이 윤청학의 시야를 가로막았으며 목과 허리를 동시에 베어갔다.

"헉!"

윤청학은 다시 한 번 놀란 얼굴로 좌측으로 몸을 피했으며 그의 뒤에 있던 두 명의 무사가 연심의 검기를 피하지 못하고 맞았다.

"크윽!"

신음성과 함께 목과 어깨를 격중당한 두 무사가 비틀거렸고 목이 뚫린 무사는 곧 바닥으로 쓰러졌다. 어깨가 뚫린 무사는 뒤로 물러서며 다른 무사들 틈으로 사라졌다.

"물러서라!"

윤청학의 외침이 터졌고 그의 검기가 푸른빛을 발한 채 연심을 향해 날아들었다.

쉬아악!

세 개의 푸른빛이 마치 뱀처럼 날아들자 연심은 우산을 펼쳐 막으며 좌우에 든 우산과 검의 위치를 바꿨다. 매우 빠르게 일어난 일이었고 검기가 윤청학을 향해 날아들었다.

"성가신 계집이구나."

윤청학은 연심의 우산과 검의 움직임이 기민하다는 것에

놀라면서도 자신의 검기가 사라지는 것을 바라만 봐야 했다. 공격을 하려 해도 아주 작은 찰나의 빈틈으로 연심의 검기가 날아왔기 때문이다.

파파팟!

금속음과 함께 연심의 검기를 쳐낸 윤청학은 빠르게 앞으로 다가가 연심의 복부로 검을 찔렀다.

쉭!

강한 기운이 담겨 있는 검날이 날았고 연심은 우산을 접고 앞으로 뻗었다. 우산의 끝이 검끝과 마주치자 강한 금속음과 함께 사방으로 강한 바람이 불었으며 날카로운 경기가 휘몰아쳤다. 윤청학은 인상을 찌푸리고 뒤로 물러섰으며 연심도 반보 물러서다 다시 한 번 앞으로 나서며 검을 뻗었다.

쉬악!

다섯 개의 묵빛 검기가 마치 엿가락처럼 늘어나 윤청학을 덮쳤다.

윤청학은 연심의 내공이 생각보다 깊다는 것에 놀라면서도 신중한 얼굴로 검을 들어 천천히 날아드는 검기를 쳐냄과 동시에 회오리치는 강기를 내뿜으며 푸른빛을 뿌렸다.

쉬아아악!

강한 바람과 함께 날아드는 윤청학의 거대한 푸른빛은 마치 비단 폭이 하늘거리는 것처럼 움직였다. 검기가 막처럼 형

성되어 날아든 것이다.

연심은 인상을 찌푸리며 우산을 펼침과 동시에 앞으로 뻗어 거대한 회풍을 만들었다.

쾅!

폭음과 함께 연심의 신형이 뒤로 반 장이나 밀려 나갔고 진파랑의 등이 그녀의 등을 받쳐주었다.

"떨어질 것 같다더니 다시 왔구려?"

진파랑의 목소리에 연심은 고개를 끄덕이며 우산을 접고 똑바로 섰다.

"당신이 올 줄 알았어요."

연심의 말에 진파랑은 미소를 보이며 도를 들었다. 그의 도면에 비친 얼굴은 매우 싸늘했으며 언제 연심에게 저런 말을 했는지 모를 만큼 강한 살기를 보이고 있었다.

그의 눈앞에는 석무도가 굳은 표정으로 서 있었으며 연심과 윤청학이 싸우는 사이에 이미 그와 백여 번의 경합이 있었다.

둘의 거리는 삼 장이었고 그 사이에는 수백 개의 발자국들이 어지럽게 흩어져 있었다. 두 사람이 만든 발자국이다.

"다시 가겠소."

진파랑의 목소리에 석무도는 도를 들어 답했다.

쉬악!

진파랑의 신형이 흐릿하게 사라지며 수십 개의 잔상을 만들었고 석무도 역시 앞으로 나서며 백여 개의 은빛 도광을 뿌렸다.

석무도와 싸우고 있는 진파랑을 바라보던 문가혁은 굳은 표정이었다. 그의 무공이 대단하여 쉽게 죽이기 어려웠기 때문이다. 벌써 이백이 넘는 수하들을 잃은 그였다. 기분이 좋을 리 없었다.

"진파랑이야 죽이면 그만인데 아미파의 연심은 어찌해야 합니까?"

"죽이게. 어쩔 수 없는 것 아닌가?"

문가혁은 옆에서 묻는 장환을 당연한 걸 왜 묻느냐는 표정으로 쳐다보았다. 장환은 아미파를 의식해서 한 말이었지만 문가혁은 아미파도 안중에 없었다. 명분은 충분히 있었기 때문이다.

"우환거리는 미리 제거해야지."

문가혁은 중얼거리며 검을 뽑아 쥐었다. 그러자 장환이 말했다.

"나가려고 하십니까?"

"싸워야지."

문가혁은 고개를 끄덕였다.

따다다당!

금속음과 함께 십여 명의 무사들이 진파랑의 도력에 밀려 나갔다. 그중에 몇 명은 도기에 베인 듯 피를 흘렸고 그 모습이 문가혁의 눈을 어지럽게 장식했다. 석무도가 밀려 나간 직후의 일이다.

"아직은 아닙니다."

장환의 말에 문가혁은 인상을 찌푸리다 검을 거뒀다. 그의 말이 틀린 게 아니었기 때문이다. 그의 뒤에는 석미옥이 서 있었다. 그녀의 뒤로 지본소가 있었고 사우령이 있었다.

"연심을 공격하는 게 더 나을 듯싶은데……."

석미옥의 목소리에 지본소도 같은 생각을 하고 있었기 때문에 입을 열었다.

"진가 놈에게 빈틈을 찾는 것은 어려우니 연심을 집중 공격해서 진가의 정신을 흐트러뜨리는 것이 좋을 듯합니다."

지본소의 목소리에 석미옥은 고개를 끄덕였으나 다른 대답을 했다.

"이곳의 책임자는 문 원주님이니 섣불리 나서지는 말거라."

"알겠습니다."

지본소는 대답을 했지만 불만이 있는 표정이었다.

석미옥의 말처럼 문가혁은 사태의 흐름을 파악하고 있었다. 어차피 이 많은 사람들을 상대로 이길 수 있는 가능성은 거의 없었다. 언젠가는 틈이 생길 것이고 그 틈을 비집고 들어가 치명상을 입히면 된다.

상처 입은 호랑이는 잡을 수 있는 법이다.

천문성의 무사들이 마을을 포위하고 있었으며 그곳에서 멀리 떨어진 곳에 우거진 수풀이 있었고 어두운 나무 위에는 정월과 청란이 있었다. 둘은 진파랑을 쫓아온 것이었는데 그와 만나려고 했지만 천문성의 무사들 때문에 그러지 못한 상태였다.

"사람 한 명 죽이는 데 이 많은 사람들을 동원하다니⋯ 진파랑이 대단하긴 대단한 모양이군."

"사세 중 한 명인 문홍립과도 싸운 사람이니 그러겠지, 천문성도 사세를 상대한다는 생각으로 나선 모양이고 말이야."

"아무리 진파랑의 무공이 대단해도 이 많은 사람들을 상대로 이길 수 있을까? 내가 볼 땐 어려울 것 같은데⋯⋯."

"길을 열어줘야 하는 것 아닐까?"

정월의 말에 청란은 걱정스러운 표정으로 대답했다.

"나서자고?"

"그럴 수 있다면 말이지."

청란의 대답에 정월은 손을 저었다.

"괜히 분란만 조성하지 말고 이럴 땐 그냥 가만히 있는 게 최고야. 우리가 나선다면 천문성은 하오문을 의심할 것이고 그렇게 되면 그냥 끝날 문제가 아니야."

천문성의 화살이 진파랑에게서 하오문으로 향하면 안 되기 때문에 정월은 그만두라 한 것이다. 그녀의 말이 틀린 말은 아니기에 청란은 답답한 얼굴이었다.

어떻게 해서라도 도움을 주고 싶은 게 그녀의 마음이었다. 그래서일까? 정월은 신기하다는 듯 말했다.

"평소답지 않게 왜 그래?"

"무슨 소리야?"

"냉정을 잃은 것 같아서 하는 말이야. 전부터 지켜보니까 진파랑을 좋아하는 것 같은데……."

정월의 말에 청란은 인상을 찌푸리며 고개를 저었다.

"그런 거 아니니까 걱정하지 마라."

"그럼 뭐지?"

"강호의 인연이 있었기 때문에 하는 말이다. 그러니 이상한 생각은 하지 말아줘."

"그렇다고 치지."

정월은 슬쩍 눈웃음을 지으며 대답했지만 청란에 대한 의혹은 접지 않았다. 그녀의 행동이나 말투는 평소와 달랐고 진파랑을 진심으로 걱정하는 것처럼 보였기 때문이다.

"그래도 꼭 위기에 처한 연인을 바라보는 모습이랄까?"

"아니라니까."

청란은 싸늘한 눈빛으로 정월을 쳐다보았다.

"알았어, 알았으니까 그 눈이나 치워."

정월은 청란의 한기에 놀란 듯 대답했고 청란은 다시 마을 쪽으로 시선을 던졌다.

*   *   *

쾅!

"크악!"

도강에 휩쓸린 십여 명의 무인이 피를 뿌리며 쓰러졌고 석무도가 뒤로 밀려 나갔다. 그는 봉두난발의 모습이었고 상당히 지친 얼굴이었다. 하지만 여전히 진파랑을 향한 살기를 거두지 않았다.

따다다당!

금속음과 함께 진파랑의 뒤에서 십여 명의 무사들이 쓰러졌고 연심은 우산과 검을 든 채 윤청학을 쳐다보고 있었다.

윤청학은 한 점 흐트러짐 없이 고고하게 서 있는 연심이 괴물처럼 보였다. 자신의 검강을 받아치고도 무사했으며 수많은 무사들을 상대하는 데 있어서 군더더기조차 없는 깔끔한 움직임을 보였기 때문이다.

호흡은 여전히 고르게 쉬고 있었으며 자세 역시 달라진 것이 없었다. 빈틈이 없어 보였고 있다고 해도 쉽게 접근하기 어려운 기도를 내뿜고 있었다.

연심이 손을 뒤로 내밀어 진파랑의 손을 꼭 잡았다. 그 행동 하나에 진파랑의 심장은 크게 뛰었고 강한 기도를 내뿜었다. 자신감이 생긴 것이다.

혼자가 아니었다.

"함께해요."

연심의 낮은 목소리에 진파랑은 미소를 보였다.

"물론이오."

진파랑은 도를 들었고 먼저 앞으로 나서려는 자세를 취했다. 연심 역시 마찬가지였다. 그때 석무도가 날아들었다.

"하압!"

강한 기합성과 함께 뛰어오른 석무도의 도에서 거대한 도강이 피어나 진파랑을 향해 떨어져 내렸다. 전력을 다한 공격이었고 진파랑은 굳은 표정으로 도를 들었다. 그 순간 거대한 빛이 피어났고 윤청학의 푸른빛이 연심을 향해 날아들었다.

석무도와 윤청학이 거의 동시에 강기를 펼친 것이다. 두 사람의 거대한 강기가 진파랑과 연심을 덮쳤고 순식간에 사방이 빛으로 가득 찼다.

펄럭!

진파랑의 눈앞으로 연심이 나타난 것은 순식간의 일이었

고 그녀의 우산이 위로 펼쳐졌다.

석무도는 내려치는 도강의 빛 너머로 검은 우산이 거대하게 나타나자 놀라 눈을 부릅떴다.

쾅!

강력한 폭음성과 함께 천지사방으로 흙먼지가 피어올랐고 그 사이로 스치듯 밑으로 떨어지는 진파랑의 신형이 눈에 들어왔다.

"엇!"

놀라 눈을 부릅뜨는 순간 백색 선이 지나치는 것이 보였다. 석무도의 신형이 허공에서 멈췄다.

연심은 우산을 펼친 채 신형을 돌렸고 강렬한 회전과 함께 일어난 강기가 날아드는 푸른빛을 막았다.

쾅!

다시 한 번 일어난 폭음 사이로 진파랑의 신형은 사라지고 없었다.

파파파팟!

진파랑의 신형이 반원을 그리며 윤청학의 옆을 지나친 것은 폭음성이 터지는 것과 거의 동시였다.

휘리릭!

그의 신형이 어느새 연심의 옆에 나타났고 그는 굳은 표정으로 윤청학을 쳐다보고 있었다. 윤청학은 놀란 눈으로 우산을 접고 있는 연심과 진파랑을 동시에 쳐다보았다.

쉬아아악!

강한 바람에 흙먼지가 사라지자 나란히 서 있는 진파랑과 연심이 사람들의 눈에 보였다. 폭음성은 거의 동시에 두 번 일어났고 강력한 강기의 바람에 그들은 뒤로 물러서야 했다.

"컥!"

석무도의 왼 어깨에서 시작된 붉은 선이 오른 허리까지 이어지더니 그가 피를 뿌리고 쓰러졌다. 사람들의 눈이 커졌다. 석무도가 쓰러졌기 때문이다.

"완벽하군."

윤청학은 놀란 표정으로 중얼거리다 비틀거리더니 허리를 잡았다. 그의 눈에 보인 두 사람의 움직임은 완벽한 합격술이었다. 연심의 방어와 진파랑의 공격은 마치 사전에 약속이라도 한 것처럼 호흡이 같았고 동시에 이루어졌다.

석무도와 윤청학은 한 사람을 상대하는 것이었지만 실제 그들은 동시에 진파랑과 연심을 상대했던 것이다. 두 사람이 동시에 공격을 해오니 당할 수밖에 없었다.

문득 윤청학은 두 사람이 손을 잡으면 천하에 적수가 없을지도 모른다고 생각했다. 죽는 순간에 왜 그런 생각이 들었는지 그도 몰랐다. 하지만 완벽하게 보이는 한 수였고 생각의 끈이 사라지는 것을 느꼈다.

주룩!

그의 허리에서 피가 흐르더니 바지를 다 적셨다. 윤청학은 떨리는 신형을 바로잡으며 입을 열었다.

"너희 둘은… 진정… 무… 적……."

털썩!

몸을 떨던 윤청학의 신형이 서서히 앞으로 쓰러졌다. 그의 허리에서 흘러나오는 피가 바닥을 적시고 있었다.

사람들은 놀랍다는 듯 두 사람의 시신을 쳐다보았고 나란히 서 있는 진파랑과 연심에게 살기를 뿌리기 시작했다.

하지만 그 누구도 쉽게 나서는 이는 없었다. 천문성의 장로 두 사람이 동시에 죽었기 때문이다. 충격적인 일이었다. 그 충격을 고스란히 받고 있는 문가혁은 눈을 부릅뜬 채 죽어 있는 윤청학과 석무도를 쳐다보고 있었다.

"이럴 수가……."

말도 안 되는 일이 발생한 것에 놀란 문가혁은 쉽게 정신을 차릴 수가 없었다. 천하에 적수가 없다고 알려진 자들이 죽어 있었다.

문가혁뿐만 아니라 다른 간부들도 놀라기는 마찬가지였다. 석무도와 윤청학이 누구인가? 천문성에서도 손에 꼽는 고수들이었다. 그런 그들을 진파랑과 연심이 죽인 것이다. 흙먼지 때문에 제대로 볼 수는 없었지만 분명 두 사람은 죽어 있었다.

"지금이 기회예요."

연심의 목소리가 낮게 울리자 진파랑의 신형이 허공을 날아 문가혁을 향했다.

쉬아악!

문가혁은 눈을 부릅뜨며 검을 들었고 날아드는 진파랑을 막으려 했다. 그때 수십 명의 무사가 진파랑의 앞을 막으며 그를 공격했다.

진파랑은 도기를 일으켜 땅에 내려서며 달려드는 무사들을 베어버리고 전진했다.

"크악!"

"으아악!"

진파랑의 백색 도가 빛과 함께 빠르게 앞으로 전진하며 천문성의 무사들을 베고 있었다. 그때 문가혁은 연심을 찾았고 그녀가 사라진 것에 눈을 부릅떴다.

"위다!"

"위에 있다!"

소리치는 목소리에 고개를 드니 허공에서 떨어지는 검은 빛이 보였다. 연심이었다. 그녀가 어느새 십여 장이나 솟구쳐 내려오는 중이었다.

거대한 검은 기운이 문가혁을 향했고 문가혁의 안색이 급

변했다. 그리고 그의 주변에서 수백 개의 비수들이 허공으로 솟구쳐 올랐다.

쉬쉬쉬쉭!

연심은 수십 개의 검기를 발출하며 떨어지다 날아드는 비수들의 모습에 몸을 뒤집어 우산을 펼쳤다.

따다다앙!

펼쳐진 우산을 빠르게 회전시키자 비수가 부딪혀 튕겨 나갔다.

쉬악!

허공으로 솟구친 사우령은 우산을 펼친 연심을 베려 했다. 우산을 펼쳤기 때문에 밑의 상황을 볼 수 없다고 판단내린 것이다.

하지만 허공으로 올라선 사우령의 눈이 우산의 손잡이를 밟고 서 있는 연심의 눈과 마주쳤다. 자신의 예상과 다르게 연심은 우산을 밟고 서서 주변을 보는 중이었고 검기 하나가 목으로 날아드는 것이 보였다.

땅!

"큭!"

사우령은 신음성과 함께 밑으로 떨어졌다. 그리고 연심의 신형이 우산과 함께 문가혁의 자리로 떨어졌다.

쾅!

폭음성과 함께 흙먼지가 날렸고 그 사이로 진파랑의 신형이 물러선 문가혁을 향해 날아들었다.

"막아라!"

진파랑은 굳은 표정으로 앞을 막아서는 수많은 무사들을 향해 혈소풍을 펼쳤다.

촤아아악!

거대한 붉은 바람이 회오리쳤다.

"크아악!"

"컥!"

비명성과 신음성이 난무하는 가운데 붉은 안개가 사방으로 휘몰아쳤고 천문성의 무사들이 뒤로 물러섰다. 진파랑은 굳은 표정으로 물러선 문가혁을 쳐다보며 도를 들었다. 곧 그는 다시 한 번 준비를 마친 사람처럼 앞으로 한 걸음 나섰고 문가혁은 마른침을 삼켰다.

쉬쉬쉬쉭!

수백 대의 화살이 진파랑과 연심을 향한 것은 그때였고 연심의 우산이 마치 수십 개의 방패를 만든 것처럼 두 사람을 가린 채 회전했다.

따다다당!

화살비가 우산에 걸려 사라졌고 연심은 접은 우산을 든 채 진파랑의 옆에 섰다. 그녀의 우산은 여전히 흠집조차 없어 보였다.

두견화가 그려진 그녀의 우산이 사람들의 눈에 우산이 아니라 병기처럼 보이는 것도 무리는 아니었다.

팟!

진파랑의 신형이 앞으로 뛰었으며 혈소풍을 펼쳤다. 강한 바람이 일어나 문가혁을 막아선 무사들을 지나쳤고 그 사이로 피 보라가 휘날렸다.

후두둑!

문가혁은 몸에 묻은 피를 떨치며 뒤로 다시 한 번 물러섰다. 그의 앞을 막았던 무사들도 피와 함께 쓰러졌다.

슥!

진파랑은 도를 들어 문가혁을 겨누었다.

"어떻게 하겠소? 나는 아직 더 할 수 있소이다."

진파랑의 도발적인 말이었고 여기서 그만두면 더 이상 쓸데없이 피 흘리는 자가 없을 거란 말이기도 했다.

협박처럼 들린 것일까? 문가혁은 굳은 표정으로 검을 쥐고 앞으로 한 걸음 나섰다.

"웃기는 소리 하고 있구나, 두 분의 장로님이 저렇게 누워 계신데 내가 감히 물러설 거라 생각했느냐? 그건 예의가 아니지."

문가혁은 진파랑의 무위를 보았으면서도 물러서지 않겠다

는 의지를 보였고 가슴을 폈으며 당당하게 살기를 보였다.

　문가혁의 행동에 고무된 것은 그의 수하들이었고 사방을 에워싼 천문성의 무사들이었다. 아직 그들은 모두 죽은 게 아니었다.

　진파랑은 죽음이란 단어를 떠올리며 문가혁을 쳐다봤다. 그리고 그의 눈빛에 흔들림이 없다는 것을 알았다.

　'문가는 문가로구나……'

　진파랑은 천문성의 명성이 자신이 알던 것과 다르다는 느낌이 들었다. 아마도 집단 자체보다는 개개인을 대하는 데서 오는 느낌일 것이었다. 문가혁 역시 천문성의 사람이었고 문가의 사람으로서 책임을 다하려 한 인물이다. 그렇기 때문에 호림원의 원주에 앉아 있었다.

　"내가 죽더라도 여기 있는 천문성의 무인들은 끝까지 남을 것이다. 마지막 한 사람까지 네게 검을 겨눌 것이고 우린 싸우다 죽을 것이다. 그 전에 네가 죽을지 아니면 우리가 죽을지… 그건 해봐야 알겠지."

　문가혁의 말에 주변에 있던 천문성의 무사들이 일제히 하늘 높이 소리쳤다.

　"우와아아아!"

　함성 소리에 마을이 잠기는 것 같았고 진파랑은 그들의 투기가 하늘로 승천하자 긴장한 표정을 보였다. 그도 이들을 모두 상대하는 것은 부담되기 때문이다.

상황이 이렇게 되자 분위기가 바뀐 것을 읽은 진파랑의 표정이 굳어졌다. 연심이 다가와 옆에 서서 입을 열었다.

"우리에게 두려움은 없어요. 끝까지 싸운다면 싸울 것이에요. 그런데 그렇게 하면 달라지는 게 있나요? 여기 있는 전부를 우리가 죽이지 못한다 해도 우리 역시 숨이 붙어 있는 한 죽이고 죽일 것이고 그 시체는 분명 산을 이루겠지요… 또한 몇 명을 죽이더라도 이 원한은 끝나지 않겠지요."

"하고 싶은 말이 뭔가?"

"적당히 물러서겠다는 뜻이에요. 반년 뒤 다시 만나는 건 어때요?"

"반년 뒤?"

문가혁은 인상을 굳혔고 검을 들어 올리던 손을 내렸다. 그도 수하들을 잃는 것이 부담되는 것은 마찬가지였기 때문이다.

"반년 뒤에 만난다고 해서 지금의 상황과 달라질 게 있다고 보느냐?"

문가혁은 머리가 나쁜 사람이 아니었다. 연심의 뜻이 무엇인지 대충 눈치를 채고 있었지만 모르는 척 자신의 기백을 보인 것이다.

서로 한 발 물러설 수 있는 기회를 만들자라는 뜻이었다.

진파랑은 연심이 갑자기 나서자 무슨 말을 하려는지 궁금한 표정으로 말없이 서 있었다. 그의 눈은 자신을 향한 수많은 살기들을 향했고 천천히 주변을 둘러보다 사람들 사이로 서 있는 지본소의 얼굴과 마주쳤다.

지본소는 진파랑과 눈이 마주치자 미소를 보였다. 그의 미소는 가벼워 보였고 자신도 여기에 있으니 와서 죽여보라는 것 같았다.

진파랑의 표정이 굳어졌다. 연심의 목소리가 이어졌다.

"달라지는 것은 있어요. 지금 이긴다고 해도 천문성은 다수로 우리 둘을 핍박했다는 오명을 벗어날 수는 없어요."

"그 오명은 이미 벗어날 수 없게 되었다. 온 천하가 본 성에서 일어난 사건을 떠드니 그 오명을 벗기 위해서라도 너희 둘을 죽여야 하는 것이다."

문가혁은 물러서지 않겠다는 듯 대답했고 연심은 우산을 펼쳐 햇빛을 가리며 섰다.

"반년 뒤 문 성주와 비무를 하는 것은 어떤가요?"

문가혁은 문홍립과 진파랑의 싸움을 기억했다. 두 사람의 싸움에서 분명 승기를 잡은 것은 문홍립이었고 아직까지 문홍립이 반 수 이상은 진파랑을 앞선다고 생각했다.

"그 문제는 내가 결정할 수 있는 문제가 아니다. 그리고 진가 놈이 허락한 것도 아니지 않느냐?"

"문제없어요."

연심의 대답에 진파랑은 말없이 여전히 지본소를 쳐다보며 고개를 끄덕였다. 지본소는 한쪽 눈을 찡긋거리며 여유까지 보였다. 진파랑은 곧 시선을 돌려 문가혁을 향해 말했다.

"문 성주의 결정을 기다리지요."

진파랑의 대답에 문가혁은 수하를 불렀다.

"전서구를 날리거라."

"예."

수하가 대답 후 얼마 뒤 마을 뒤에서 비둘기 한 마리가 하늘로 솟구쳤다. 그 모습을 보던 문가혁은 진파랑에게 말했다.

"시신을 수습하겠다."

문가혁의 대답에 진파랑과 연심은 가까운 곳에 자리한 다루의 안으로 들어가 앉았다. 연심은 우산을 접은 뒤 다소곳한 자세로 앉아 호흡을 고르는 것처럼 보였다.

진파랑은 식어버린 차를 따라 마신 뒤 주변을 가득 채운 천문성의 무사들을 한번 슥 훑어보았다. 모두들 강한 기도를 내뿜었고 언제든지 공격할 것처럼 보였다.

팽팽한 긴장감이 가득 차 있었지만 진파랑은 여유가 있는 얼굴이었다.

"이대로 저들을 그냥 돌려보낸다면 두고두고 웃음거리가 될 것이에요."

문가혁의 옆으로 석미옥이 조용히 다가와 입을 열었다. 면사 너머로 보이는 그녀의 눈동자는 분노로 타오르는 것 같았다.

수하들이 의자와 탁자를 구해와 내려놓자 문가혁은 자리에 앉았다. 석미옥이 맞은편에 앉았고 그 주변을 천문성의 무사들이 병풍처럼 감쌌다.

"너무 많이 죽었어."

"죽음을 각오한 것 아니었나요?"

석미옥은 문가혁의 행동에 불만이 있는 것 같아 보였다. 그녀의 물음에 문가혁은 말없이 굳은 표정으로 눈을 감고 깊은 숨을 내쉬었다.

"저들과 싸운 지 불과 한 시진도 지나지 않았어. 그런데 몇 명이나 죽은 줄 아나?"

문가혁이 눈을 뜨며 차갑게 물었다. 석미옥은 그의 사자 같은 눈빛에 일순 대답하지 못했다. 저렇게 화가 나 있는 모습을 본 것은 처음이기 때문이다. 그리고 그 역시도 이러고 싶지 않았다는 것을 알았다.

"부상자까지 합치면 족히 천 명이야, 천 명⋯ 천 명이라고."

씹어 뱉듯이 중얼거리는 그의 목소리에는 깊은 분노가 있었다.

"거기다 저들은 달아나지도 않았어⋯ 한 시진이 지나지도 않았는데 나는 천 명의 수하를 잃고 두 분의 장로님도 책임지지 못했다… 두 시진이 되기 전 우린 모두 죽었겠지… 아니면 난 모든 수하들을 잃었을 것이고 말이야. 쓸데없는 죽음만 더 늘어날 뿐이다."

석미옥은 어금니를 깨물었다. 그의 말은 사실이었고 문가혁이 망설이는 이유는 명백했기 때문이다. 개인적인 원한보다 안정을 선택한 것이다. 더 이상의 희생은 없어야 한다는 뜻이었고 쓸데없는 죽음보다는 의미 있는 삶을 선택한 행동이었다.

"제 숙부님이 돌아가셨어요."

석미옥은 분노한 목소리로 낮게 말했고 문가혁의 미간에 깊은 주름이 그려졌다.

"그래서? 난 조카를 잃었고 친구를 잃었으며 스승님을 잃었다."

문가혁의 대답에 석미옥은 아무 말도 할 수가 없었다. 그의 말처럼 문가혁은 많은 것을 잃었기 때문이다.

"거기다 명성도 잃었고 수하들도 잃었지… 이제 남은 것은 내 목숨인데 이걸 잃어버린다고 해서 달라질 게 있을 것 같으냐? 내가 너무 그를 우습게 여겼다. 아니, 두 사람을 우습게 여긴 것이겠지."

문가혁은 냉정하게 말을 하고 있었다. 석미옥은 분노했던 감정을 가라앉히고 깊은 숨을 내쉬며 가슴을 진정시켰다.

"제가 너무 격해졌네요."

"복수는 십 년이 지나도 늦지 않는 법이다. 때가 아니라면 기다리면 된다."

석미옥의 말에 문가혁은 조용히 중얼거렸다. 그의 목소리에 담긴 원한은 상당히 깊었으며 기다리겠다는 뜻도 내비쳤다. 문가혁은 절대 오늘의 일을 잊을 사람이 아니었다.

"성주님의 결정에 따를 건가요?"

"그래야지."

문가혁은 고개를 끄덕이며 사람들 틈으로 다루를 쳐다보았다. 그 속에는 진파랑과 연심이 앉아 있었다. 둘은 달아날 생각이 없는 사람처럼 차를 따라 마시고 있었다.

"산보라도 나온 연인처럼 보이는구나."

지금의 이 상황에서 저렇게 여유를 보이는 그들의 행동에 문가혁은 화가 나면서도 놀랍다고 생각했다.

윤청학의 마지막 말이 자꾸 귓가에 맴돌았다.

"무… 적……."

문가혁은 조심해야 한다고 생각했다. 정공법으로 이길 수 있는 상대들이 아니었다.

다루에 앉아 있는 진파랑과 연심은 사실 여유가 있어 보였지만 긴장하고 있었다. 어제부터 이어진 전투는 그들의 육체에도 많은 부담을 주었기 때문이다.

아직까지 내상이 완벽히 완치된 것은 아니었다. 그런 상태로 긴 싸움이 이어진다면 불리한 것은 그들이었다.

하지만 지금의 협상이 가능했던 것은 초기에 보여준 무력시위가 있었기 때문이다. 그 시위가 없었다면 지금의 상황까지 오지는 않았을 것이다.

"어떻게 될 것 같소?"

"보내주겠지요."

연심은 슬쩍 미소를 던졌다. 진파랑도 예상을 하고 있다는 표정이었다.

"우리가 떠난다고 해서 이들이 그냥 돌아갈 것 같지는 않소."

지본소를 떠올린 진파랑의 말이었고 연심도 밤에 만난 천문성의 무사들을 떠올렸다. 그들은 분명 이 주변에 있을 것이다.

"나 때문에 험난한 길을 가는 것 같아 미안하오."

"처음에도 우린 험난했어요."

연심의 말에 진파랑은 문득 그녀와 처음 만났던 기억을 떠올렸다.

쏴아아아!

쏟아지는 빗줄기에 홀로 서 있던 그녀는 고고했고 아름다
웠다. 그런 그녀가 지금은 이렇게 눈앞에 앉아 있었다. 두려
운 상대였던 그녀가 이제는 자신을 위한 반쪽이 되어주었다.
없던 기운도 새롭게 솟아나는 것을 느꼈다.

푸드득!

비둘기가 날아오는 소리가 들렸고 한참이 지난 뒤 문가혁
이 천문성의 무사들 사이로 모습을 보였다.

그는 손에 전서를 쥐고 있었으며 진파랑을 향해 말했다.

"육 개월 뒤 천문산 청화원에서 비무를 약속했네."

"반년 뒤 청화원으로 가겠소."

"잊지 말게."

문가혁의 말에 진파랑은 포권했다.

"물론이오."

*　　　*　　　*

석무도와 윤청학의 시신을 수습한 문가혁은 밝은 표정이
아니었다. 실제 그에게도 이렇게 물러서는 것은 분하고 억울
한 일이었다. 지금이라도 남은 수하들과 함께 총력을 다해 싸

울까도 했지만 섣불리 행동에 옮길 수는 없었다. 자신의 목숨도 위험했기 때문이다.

석무도의 시신을 관에 넣어 수레에 옮기는 동안 석미옥은 그 옆에서 떨어지지 않았다. 그녀의 눈빛은 차가웠고 어떤 생각을 하고 있는지 알 수가 없었다.

그녀의 옆으로 문가혁이 다가왔다. 그는 석미옥의 어깨를 두어 번 두드리다 주변을 한 바퀴 둘러본 뒤 물었다.

"지본소는?"

"갔어요."

석미옥은 짧게 대답한 뒤 관이 수레에 실리자 그 옆에 올라탔다. 그 주변으로 아직도 많은 시신들이 땅에 있었으며 천문성의 무사들은 그들을 모두 수습해야 했기에 부산하게 움직이고 있었다.

"오늘의 패배는 천문성에 큰 오명이 될 거예요. 본 성의 명성이 떨어지면 반감을 가지고 있는 많은 문파들이 이빨을 드러내겠지요. 그것 또한 감당해야 할 일이 될 거예요."

"이미 알고 있는 사실이다."

문가혁의 대답에 석미옥은 고개를 끄덕였고 마부가 수레를 몰기 시작했다. 그녀가 멀어지자 문가혁의 곁으로 장환이 다가왔다.

"석가의 피해가 큰 만큼 그들도 천문성에 반감을 가질 수 있습니다. 달래야 하지 않겠습니까?"

"석가는 혈연관계이니 그러한 마음은 없을 것이다. 그보다 외부 세력에 신경을 써야지. 준비가 끝나면 철수한다. 난 마차에서 쉬고 있으마."

"예, 원주님."

문가혁은 지친 듯 장환의 대답을 듣자 자신의 마차로 이동했다. 그의 머리에는 여전히 진파랑과 연심의 모습이 보였고 아직도 그들과 싸우고 있는 기분이 들었다. 그들은 떠났지만 그 그림자는 짙은 근심을 가져다주었다.

*   *   *

복건성 남단에 자리한 유강의 중류에서 배를 타고 건넌 진파랑과 연심은 마을에 들러 휴식을 취했다. 그 직후 다시 수레를 한 대 구해 노숙할 때 필요한 물품들을 실었다.

수레를 끄는 말은 천천히 움직였고 마부석에 앉아 있는 진파랑도 주변 경치를 구경하며 여유를 즐기는 듯했다.

"무공산까지 가려면 보름은 걸리겠어요."

이동하는 속도가 더디다 보니 무공산이 저 멀리 있는 것처럼 느껴졌다. 연심의 목소리에 진파랑은 웃으며 대답했다.

"강호를 유람한다는 기분으로 천천히 갑시다. 쫓아오는 자들도 생각해야 하지 않겠소? 그들이 우리가 가는 곳을 안다면 귀찮아질 것이오."

"일리 있는 말이에요."

연심은 그의 말에 동의했다. 그녀도 진파랑과 같은 생각이었고 분명 쫓아오는 자들이 있을 거라 여겼다. 그러나 굳이 따라오는 자들을 기다릴 필요도 없으며 따라온다고 찾아갈 필요도 없었다.

그들은 때가 되면 나타날 것이다.

그들의 생각처럼 뒤를 밟고 있는 청란과 정월은 기회를 보다가 나타날 생각이었다. 하지만 진파랑과 연심의 뒤를 따라가고 있는 자들이 있기 때문에 물러나 있었다. 백 장의 거리를 두고 따라가는 그들은 모두 고수였는지라 자신들도 쉽게 접근하기 어려웠다.

청란과 정월은 그들과도 거리를 백 장 정도 두고 있었다.

"진 소협의 무공을 보고도 따라가는 자들이 있을 줄은 몰랐는데?"

"목숨이 두 개인 자들이겠지."

정월의 말에 청란이 대답했다.

정월은 아무리 대단한 고수라도 현재의 진파랑을 이기는 것은 어려운 일이라 생각했다. 거기다 연심까지 있기 때문에 더더욱 힘든 게 현실이라고 여겼다.

진파랑과 연심을 따로 놓고 보더라도 둘의 무공은 이미 십대고수의 반열에 올라서 있었다. 진파랑에 가려져 있어 잘 안보일 수 있지만 연심의 무공 또한 대단했다. 그런데 둘이 붙어 있었고 둘을 상대해야 한다면 분명 천하에 적수는 거의 없을 것이다.

쫓아가는 사람들이 순간적으로 사라지자 정월과 청란의 표정이 굳어졌다.

"빠져."

스슥!

청란의 목소리가 낮게 울렸고 정월의 신형이 사라졌다. 청란은 이미 없어진 상태였으며 그 사이로 반요가 모습을 드러냈다.

그는 주변 풀숲을 살피다 인상을 찌푸리다 꺾여 있는 풀잎을 발견하고 주변을 둘러보았다.

"쯧!"

반요는 혀를 차며 다시 앞으로 움직였다.

지본소가 나타난 반요에게 시선을 던졌다.

"무슨 일이지?"

"누가 따라오는 것 같아서."

"본 성의 암객들이겠지. 아니면 음영대거나."

"그렇다면 다행이고."

반요는 어깨를 으쓱거리며 다시 앞으로 이동했다. 저 멀리 사우령이 움직이고 있었기 때문이다. 지본소는 주변을 둘러보다 살짝 미간을 찌푸렸다. 누군가 뒤에 있다고 생각하니 기분이 좋을 리 없었다.

스륵!

지본소의 신형이 바람처럼 빠르게 앞으로 움직였다.

한참을 움직이던 지본소는 동료들이 대로에 멈춰서 있자 그 옆에 나타났다. 그는 저 멀리 보이는 수레를 바라보며 말했다.

"우리를 발견한 모양이군."

"맞아."

반요가 옆에서 대답했다. 사우령은 팔짱을 끼며 말했다.

"해가 지면 연심의 검형을 볼 수 없으니 그 전에 결판을 내는 것도 나쁘지는 않아."

사우령의 말에 반요가 고개를 끄덕였다.

지본소가 다시 말했다.

"우린 여기서 죽을지도 모른다. 각오는 했지?"

"이미 죽었는데 또 죽는다고 해서 달라질 게 있을까? 이왕 죽을 거라면 저 새끼의 팔이라도 하나 가지고 죽었으면 소원이 없겠어."

사우령이 강한 살기를 보이며 말했다.

"사내자식이 팔이 뭐야? 목은 취하고 죽어야지? 난 목을 취하는 것으로 할게."

마옥의 말이었다. 지본소는 슬쩍 미소를 보였고 반요에게 시선을 던졌다.

"어때? 죽을 장소로 좋지 않아?"

"좋지. 말해 무엇해?"

반요가 어깨를 으쓱거렸다.

"신(新)은 늘 본(本)을 넘어서고 심(心)은 언제나 체(體)를 비웃는다."

반요가 말했다. 그의 말은 육방신기의 구결이었다. 그의 눈빛이 차갑게 번들거리며 붉은 기운을 띠기 시작했다.

"별은 하늘에 떠 있는데 우주는 하늘과 떨어져 있다."

마옥이 대답했고 그녀의 표정 역시 굳어졌다. 같은 육방신기의 구결이었다. 마옥의 주변으로 강한 바람이 불기 시작했다.

"시간은 불과 반 시진이다. 그 시간을 넘으면 우리가 죽는다. 그 전에 끝내야 해."

지본소의 말에 마옥과 반요가 굳은 표정으로 고개를 끄덕였다.

인적이 없는 대로에 들어선 진파랑과 연심은 한참을 가다가 멈춰 섰다. 진파랑이 수레를 멈추자 연심이 고개를 내밀었다.

"무슨 일이에요?"

"우리를 기다리는 사람들이 있소."

진파랑의 말에 연심은 저 멀리 보이는 삼남일녀(三男一女)를 살폈다. 그들은 모두 젊었고 진파랑과 연심의 눈에 익은 자들이었다.

"싸움은 끝이 없는 법이지요."

"그런 것 같소."

수레를 멈춘 진파랑은 도를 들고 대로에 내려섰고 연심이 그 뒤를 따라 내려와 옆에 섰다. 둘은 천천히 걸음을 옮겨 삼십 장까지 그들에게 접근했다.

"전에도 본 자들이군요."

"아는 얼굴들이오?"

진파랑의 물음에 연심은 고개를 끄덕이며 우산을 들었다.

"천문성을 빠져나올 때 야습을 했던 자들이에요, 그때 진랑은 자고 있었기 때문에 못 봤을 거예요."

"깨우지 그랬소?"

"그럴까 했지만 그때 일어났으면 내상이 심해질 것 같아 그냥 두었어요."

연심의 말에 진파랑은 그 말도 사실이기에 그녀를 탓하지 않았다. 연심은 그들의 기도가 바뀐 것을 느끼고 다시 말했다.

"느낌이 좋지 않아요."

진파랑도 기이한 기도를 느낀 듯 인상을 찌푸렸다. 천외성에 있을 때 느꼈던 기운이 보였기 때문이다.

팟!

가장 우측의 검은 그림자가 사라지는 게 보였다. 쇠사슬을 감고 있는 반요였고 진파랑과 연심의 고개가 동시에 허공을 향했다.

쉬아아악!

검은 점은 십 장이나 솟구쳐 올라가 있었으며 강한 기운을 내뿜고 떨어졌다.

연심은 우산을 펼치며 위로 솟구쳤고 진파랑은 고개를 내려 어느새 오 장이나 접근한 은빛 섬광 다섯 개를 향해 도를 들었다.

쉬쉭!

유형으로 이루어진 백색의 도기가 십여 개의 반원을 그리며 사방으로 퍼져 나갔다.

따다다당!

금속음과 함께 날아드는 비수가 땅으로 떨어졌고 어느새

오 장이나 접근한 마옥의 발이 떨어진 비수를 차올리며 앞으로 우수를 펼쳤다. 그러자 휘파람 소리와 함께 연검 하나가 뱀처럼 꿈틀 거리며 진파랑의 가슴을 찍어왔다.

핑!

날아드는 비수의 소리는 경쾌했고 진파랑은 앞으로 한 발 나서며 비수를 위로 쳐냄과 동시에 도를 뒤집어 연검을 든 마옥의 정수리를 찍었다. 피하지 않으면 얼굴이 반으로 쪼개질 상황이었지만 마옥의 눈이 붉게 충혈되더니 두 명으로 분리되었다.

진파랑의 표정이 굳어졌고 머리 위에서 거대한 충격음이 들렸다.

쾅!

폭음성과 함께 연심의 신형이 밑으로 떨어졌으며 좌측에 나타난 마옥의 머리를 향했다.

콰쾅!

다시 한 번 폭음과 함께 진파랑과 연심의 신형이 뒤로 물러섰고 반요가 땅에 내려선 채 쇠사슬을 돌렸다.

진파랑은 우측으로 접근한 마옥의 검을 쳐냄과 동시에 뒤로 반보 물러섰다. 강력한 충격 때문에 몸이 밀려난 것이다.

반보를 물러섰다는 것에 진파랑은 다시 한 번 놀랄 수밖에 없었다. 그는 마옥의 얼굴에 나타난 푸른빛과 붉은 눈에 인상을 찌푸렸다.

"마공(魔功)?"

진파랑의 물음에 마옥은 대답이 없었다. 대답할 여유가 없었으며 금방이라도 심장이 터질 것 같았다. 그 힘을 밖으로 내뿜어야 했다.

그녀의 목표는 하나였다.

쉭!

은빛 섬광이 고리처럼 변해 진파랑의 목을 노렸고 진파랑은 도를 들어 고리를 막으며 혈소풍을 펼쳤다.

쉬아아아악!

강한 바람이 풀밭을 베어버리며 파도처럼 마옥에게 향했다. 하지만 마옥의 신형은 어느새 위로 솟구쳐 올랐으며 진파랑을 향해 비수를 던짐과 동시에 검강을 펼쳤다.

"하앗!"

기합성과 함께 떨어지는 비수는 강한 힘이 실려 있었고 진파랑은 도를 들어 막았다.

쾅!

"헉!"

비수를 막는 순간 전신을 짓누르는 강한 압박감에 진파랑의 신형이 발목까지 땅에 박혔다. 그 찰나 마옥의 검강이 마

치 화살처럼 진파랑의 머리를 쪼개듯 내려왔다. 진파랑은 십
살풍을 펼치며 위로 솟구쳤다.

쾅!

第四章
끝은 있다

진가도

진파랑의 도강을 정면에서 받아친 마옥은 신음을 토하며 위로 붕 떠올랐다. 반탄강기에 몸이 저절로 튕긴 것이다. 마옥의 표정이 굳어졌고 또 하나의 열십자 도강이 밀려오는 게 보였다.

마옥은 연검을 휘둘러 진파랑의 십살풍을 조각내려는 듯 떨어졌다.

팍!

십살풍의 도강에 연검이 닿는 순간 기이한 바람 소리와 함께 그녀의 검이 휘어졌고 마옥의 붉은 눈이 크게 떠졌다. 자신의 검강이 순간적으로 사라졌기 때문이다.

픽!

열십자의 거대한 도강이 그녀의 몸을 지나쳐 허공으로 솟구쳤다.

"이런."

멀리 있던 지본소의 표정이 굳어졌고 사우령의 이마에 주름이 그려졌다. 허공에서 몸이 네 등분으로 분리되어 바닥에 떨어지는 마옥의 모습이 선명하게 보였다.

털썩! 털썩!

부릅뜬 마옥의 눈은 여전히 감지 못하고 있었으며 초점을 잃은 듯 멍하니 진파랑을 쳐다보는 것 같았다.

진파랑은 인상을 찌푸리며 죽어 있는 마옥의 시신을 쳐다본 뒤 고개를 돌렸다.

쾅!

폭음과 함께 연심의 우산이 회전을 멈추고 접히더니 어느새 십여 개의 그림자를 만들며 반요의 쇠사슬을 쳐내고 있었다.

따다다당!

금속음이 요란하게 울리고 반요가 회전하며 연심의 다리를 쳐왔다. 진파랑의 신형이 빠르게 움직였고 연심을 공격하는 반요의 허리를 향해 일도를 휘둘렀다.

휭!

바람 소리와 함께 강한 도풍이 밀려오자 놀란 반요가 쇠사슬로 옆을 막았다. 쇠사슬과 도가 부딪쳤고 반요의 신형이 옆으로 삼 장이나 밀려 나갔다.

"흠!"

붉게 충혈된 눈으로 진파랑을 보던 반요는 굳은 표정이었으나 여전히 광폭한 기도를 내뿜고 있었다.

육방신기를 펼친 반요의 내력은 이 갑자에 달했지만 연심을 상대로 동수 정도의 내력일 뿐 그 이상은 아니었다. 그런데 진파랑이 마옥을 죽이는 모습을 보게 되자 흔들리게 되었다. 여지없이 그에게 공격이 날아들었다.

"우엑!"

반요는 피를 토하며 어깨를 흔들더니 다시 쇠사슬을 돌렸다.

휭! 휭!

정신을 차린 것이다. 그사이 사우령이 검광과 함께 바람처럼 나타나 진파랑을 공격했고 진파랑의 신형이 흐릿하게 변하며 그의 검을 맞이했다.

따다다당!

사우령의 검은 날카롭게 진파랑의 전신 요혈을 노렸고 진파랑은 침착하게 그의 검을 막고 있었다. 사우령 역시 눈빛은 붉게 충혈되어 있었으며 과거와 달리 엄청난 내력의 상승을 보이고 있었다.

그 힘에 진파랑은 조금씩 뒤로 물러서고 있었다. 진파랑의 표정이 좋을 리 없었다.

"못 본 사이에 많이 늘었군."

진파랑의 목소리에 사우령은 십여 개의 검환을 그리며 말했다.

"네놈을 지옥으로 보내려고 사공에 손을 댄 것뿐이다."

"쓸데없는 짓이군."

말과 함께 일어난 강한 바람이 날카로운 소성과 함께 허공에 날았다.

콰콰콰쾅!

혈소풍의 강한 바람이 십여 개의 검환을 날려 버림과 동시에 사우령의 전신을 찢어버릴 듯 몰아쳤고 사우령은 검막을 펼쳐 막았다. 강한 경기의 소용돌이가 휘몰아쳤고 사우령은 그 사이로 몸을 내밀어 앞으로 뻗어 나갔다.

쉭!

그의 검이 길게 늘어나 마치 채찍처럼 진파랑의 어깨와 목을 베어갔고 진파랑은 몸을 돌리며 그의 검을 막았다.

따당!

쾅!

폭음성이 울린 것은 진파랑의 뒤였다. 연심의 묵검이 어느새 빛을 뿌리며 반요의 쇠사슬을 잘랐다.

"오!"

반요는 자신의 쇠사슬이 잘린 것에 놀란 듯 보였지만 어느새 그녀의 신형이 두 개로 나뉘어 좌우로 공격해 오자 웃으며 허공으로 뛰어올라 그물을 펼치듯 쇠사슬을 흔들었다.

따다다당!

이형환위의 신법을 피한 반요의 공격은 연심의 움직임을 잠시 멈추게 했다. 그리고 연심이 우산을 펼치자 기다렸다는 듯이 허리에 차고 있던 비수를 우산을 향해 던졌다.

"네년의 우산이 얼마나 질긴지 봐야겠다!"

핑!

흠집조차 없던 우산을 뚫고 들어오는 비수의 모습에 연심의 표정이 굳어졌다. 그녀는 재빨리 우산을 접어 비틀었다.

땅!

우산 속에 갇힌 비수는 힘을 잃었고 검을 빼 든 연심의 묵검에서 십여 개의 검기가 화살처럼 반요를 향했다.

반요는 그녀가 자신의 비수를 저렇게 쉽게 막을 거라고 생각지 못했기에 놀랄 수밖에 없었다. 설마 우산을 접어 그 안에 비수를 가둘 거라고는 여기지 못한 것이다. 그러한 생각 자체를 한 적이 없었고 날아드는 검기를 쇠사슬로 막으며 땅으로 내려섰다. 그 순간 진파랑의 도가 허리를 베고 있었다.

"이런! 미친!"

반요가 본능적으로 몸을 뒤집어 반원을 그리며 베어오는 도기를 피했다.

쉬악!

바람 소리와 함께 허공을 가르는 도기의 날카로운 기운이 뒤집은 몸의 배 위로 스치듯 지나쳤다. 그사이 연심의 우산이 사우령의 검을 막고 있었으며 진파랑의 도가 허공에서 마치 도끼처럼 찍어왔다.

반요가 놀라 양손으로 쇠사슬을 들어 막았다. 그 순간 백색 섬광이 번뜩이는 게 보였다.

깡! 퍽!

반요의 얼굴에 도가 박혔고 진파랑은 피를 머금은 백옥도를 들었다.

털썩!

반요의 신형이 바닥에 쓰러지자 진파랑이 재빨리 신형을 돌리니 우산으로 사우령의 검기를 막으며 물러서는 연심의 모습이 보였다.

연심은 이마에 땀방울이 맺혔고 반요의 강한 검력을 견디기 어려운 듯 입술을 깨물고 있었다.

쉭!

날카로운 쇳소리와 함께 사우령의 검이 연심의 우산을 뚫고 들어왔다. 연심은 재빨리 손목을 돌려 우산을 회전시킴과 동시에 검을 우산집에 넣었다.

따다다당!

"큭!"

회전하는 우산의 힘에 눌린 사우령의 신형이 허공에서 회전하며 뒤로 물러섰다. 그때 양손으로 우산을 쥔 연심이 마구잡이로 때려왔다.

우산이 만들어낸 백여 개의 환영이 사우령을 구타하는 듯 보였다. 사우령은 검을 들어 우산을 막았다.

따다다다당!

"큭!"

이번에 물러서는 것은 사우령이었다. 양손으로 우산을 잡고 때려오는 연심의 힘에 눌린 것이다. 거기다 한 대라도 맞으면 전신의 모든 뼈가 부러질 것 같은 위력이 실려 있었다. 마치 바위를 때려서 부수겠다는 의도로 보였으며 검을 쥐고 있는 손이 아파왔다.

"지본소, 뭐 해!"

사우령은 물러서며 외쳤고 그의 눈에 진파랑의 도가 다리를 베어오는 게 보였다. 그때 환영처럼 지본소의 신형이 사우령의 옆에 나타났고 진파랑을 향해 검을 찔렀다.

"옆에 있잖아."

쉭!

검빛은 진파랑의 미간을 향했고 사우령을 베던 진파랑은 도의 방향을 틀어 지본소의 검을 막았다.

땅!

금속음이 울림과 동시에 지본소의 신형이 사라졌다. 진파랑은 재빨리 신형을 돌렸고 어느새 날아드는 지본소의 검을 막아갔다.

"옆이다."

말소리와 함께 좌측에서 또다시 검이 나타났다. 진파랑의 표정이 굳어졌고 그 사이로 우산이 나타났다.

따다다당!

우산에 검이 막혔고 지본소의 신형이 허공에 나타나더니 백여 개의 검기 다발과 함께 사라졌다. 그사이 사우령이 연심의 배후를 공격했으며 진파랑이 신형을 돌려 연심의 등을 막으며 십살풍을 펼쳤다.

쉬아악!

강력한 빛과 함께 도강이 날아들자 사우령은 기다렸다는 검강을 펼쳐 날아드는 십살풍을 정면으로 받았다.

쾅!

폭음성이 울렸고 먼지구름과 함께 빛 무리가 고리가 되어 사방으로 퍼져 나갈 때 떨어지는 백여 개의 검기들이 우산에 막혔다.

우산이 만든 회풍은 거대하게 위로 솟구쳐 떨어지는 검기들을 먹어치우더니 지본소를 향했다. 하지만 지본소의 신형이 흔들리는 듯하더니 사라졌다.

핑!

날카로운 바람 소리와 함께 연심의 목으로 검날이 베어오고 있었다. 어느새 연심의 좌측에 나타난 것이다. 연심의 눈빛이 흔들리는 듯하더니 어느새 그녀의 우산이 앞을 막았다.

땅!

우산과 검이 부딪치자 지본소의 신형이 흔들렸다. 충격 때문이다. 그 찰나 진파랑의 도가 지본소의 팔을 베어오고 있었고 연심의 신형이 어느새 뒤로 돌아 사우령의 검을 막았다.

"망할 연놈들 같으니!"

지본소는 큰 목소리로 말하며 상대가 주기적으로 바뀌자 소리쳤다. 도와 우산을 상대하는 것은 그 성질이 다르기 때문이다. 거기다 연심과 진파랑은 마치 오래전부터 합격술을 연마한 것처럼 한 몸으로 움직이는 것 같았다.

틈이 보이지 않았던 것이다.

지본소는 땅을 차고 뒤로 물러섰다. 그 순간 사우령의 복부를 뚫고 들어간 연심의 검이 보였다. 어느새 우산에서 검을 빼 든 그녀였고 사우령의 검을 막고 있는 것은 진파랑의 도였다.

"크아악!"

사우령의 입에서 비명이 터졌고 검붉은 피가 진파랑에게 튀었다. 하지만 진파랑은 피할 수 없었다. 사우령의 왼손이 그의 오른 팔목을 잡고 있었기 때문이다.

사우령은 자신의 복부에 박힌 연심의 검에는 신경을 안 쓰는 것 같았다. 복부의 고통보다 자신을 향한 진파랑의 얼굴이 더욱 아프게 다가왔기 때문이다.

그의 얼굴을 통해 죽어간 동료들의 모습이 다시금 떠올랐다.

"네놈의 명줄은 참으로 질기구나."

사우령의 붉은 눈이 서서히 풀리더니 보통 사람처럼 돌아왔다. 그런 그의 눈에는 눈물방울이 맺혀 있었다. 인생이 끝났다는 것을 실감하고 있었기 때문이다.

슥!

연심은 무심한 얼굴로 검을 뽑아 들고 신형을 돌려 지본소를 쳐다보았다. 지본소는 이미 십여 장의 거리에 있었으며 접근할 생각이 없어 보였다.

"더 할 말은 없나?"

진파랑이 묻자 사우령은 검을 떨궜다.

땅!

바닥에 떨어진 검은 요란한 금속음을 뿌렸고 사우령은 어금니를 깨물며 진파랑의 왼손도 잡았다.

"지본소!"

사우령의 외침 소리는 사자후 같았고 멀리 떨어진 지본소의 귀에도 분명히 들렸다.

진파랑은 자신을 노려본 채 피를 흘리고 있는 사우령을 가만히 쳐다보았다. 그가 자신의 양손을 잡은 이유는 마지막 힘을 다한 몸부림이었다.

지본소는 아주 잠시 망설였다. 이대로 도망치면 자신은 살 것이고 달려든다면 죽을 것이 뻔했다.

"이 빌어먹을 새끼야!"

사우령의 외침이 다시 터졌고 지본소는 슬쩍 어깨를 떨었다. 검을 든 손이 잠시 흔들렸지만 그는 검을 거두고 입가에 미소를 그렸다.

진파랑은 사우령을 향해 나직이 말했다.

"저놈은 오지 않아."

진파랑의 목소리에 사우령은 전신을 떨었다. 그때 그의 눈에 손을 들어 보이는 지본소가 보였다.

"먼저 가서 기다리게나, 친구! 하하하하!"

휘리릭!

지본소가 지체 없이 신형을 돌려 멀리 사라졌다.

그가 멀어지는 모습을 물끄러미 쳐다보던 사우령은 진파랑을 잡고 있던 손을 놓더니 힘없이 바닥에 무릎을 꿇었다.

어이가 없었고 분했으며 원통한 기분이 들었다. 무엇보다 지본소가 자신의 생명만 우선시하는 모습이 안타깝게 보였다. 함께 죽자고 했던 말들이 모두 거짓이란 것과 그가 마지막까지 나서지 않은 이유도 다 자기 살길을 남겨두기 위함이란 것도 알았다.

"하하하하!"

사우령은 크게 웃으며 쓰러진 반요와 마옥의 시신을 쳐다보았다. 자신도 곧 저렇게 될 거라고 몸이 말을 하고 있었다.

"적어도 네놈만큼은… 죽이고 싶었는데… 젠장……."

털썩!

사우령의 고개가 힘없이 앞으로 떨어졌다.

*   *   *

"헉! 헉!"

한참을 달리던 지본소는 인적 없는 풀숲에 누워 숨을 몰아쉬었다. 혼자 살아남았지만 이대로 돌아가는 것도 문제가 있을 것 같다고 생각했다. 물론 비겁하게 도망친 것도 사실이었다. 그렇다고 그 비겁함을 남에게 알릴 필요도 없었다.

검을 들어 오른팔을 찔렀다.

퍽!

"크으윽!"

절로 신음성이 터졌지만 그걸로는 부족하다고 생각했다. 왼쪽 허벅지를 다시 찔렀다.

"큭!"

검이 살을 파고 들어가 깊은 상처를 만들고 빠져나왔다. 찌를 때보다 검을 뺄 때가 더욱 차가운 고통을 전해주었다.

이렇게라도 하지 않으면 문대영이 자신을 용서할 리가 없기 때문이다. 아무런 상처도 없이 혼자 살아남았다면 아무리 변명을 해도 겁을 먹고 도망친 것으로 볼 게 뻔했기 때문이다. 천문성은 도망자를 용서하는 곳이 아니었다.

팔과 다리에 검상을 만든 뒤 여기저기에 난 가벼운 상처들까지 둘러본 지본소는 충분하다고 생각했다.

소매를 뜯어 팔과 다리를 묶은 지본소는 인상을 찌푸리며 천천히 움직이고 있었다. 걸을 때마다 고통이 전해졌지만 죽는 것에 비하면 참을 만하다고 생각했다.

길을 걷던 지본소는 맞은편에서 걸어오는 십여 명의 인물을 발견하고 살짝 인상을 찌푸렸다. 천문성의 무사들이라면 도움을 받을 만한데 그렇게 보이지 않았기 때문이다.

"어디를 다친 것이오?"

가운데 청년이 다가와 묻자 지본소는 고개를 끄덕였다.

"보면 모르시오? 검상을 입어 그런 것이니 신경 쓰지 마시고 가시오."

"강호는 모두가 동도인데 그럴 수가 있소이까? 가까운 의원이라도 데려가야겠소."

청년이 말하자 지본소는 귀찮다는 표정을 보였다. 이런 일에 익숙지 않았기 때문이다.

"당신이 누군지 알고 따라간단 말이오? 그냥 두시구려."

"사람 참, 나쁜 사람 아니니 걱정하지 마시구려, 영기위라하오."

영기위의 말에 지본소는 젊은 후지기수들 중 고수에 속하는 이름을 떠올렸다.

"반갑소, 지본소라 하오, 천문성의 사람이니 걱정하지 말고 그냥 가시오. 어차피 조금만 가면 본 성의 사람들이 있소이다."

"알겠소. 그런데 누구에게 당한 것이오?"

영기위가 궁금한 듯 묻자 지본소는 슬쩍 인상을 찌푸렸다.

"그만 묻고 가시오."

"내가 사람을 찾는데 그 사람이 천문성이 죽이고 싶어 하는 사람이오, 이름은 진파랑이라 하는데 모르시오?"

쉭!

영기위의 말이 끝나는 순간 지본소의 검이 영기위의 목을 노렸다. 영기위가 눈을 부릅뜨며 신형을 틀었고 검날이 아슬아슬하게 그의 목을 스쳤다.

핏!

"큭!"

영기위가 십여 보나 물러나 목을 만지며 지본소를 싸늘히 쳐다봤다. 손을 내린 영기위의 목에선 실낱같은 혈선이 그려져 있었다. 베지 못한 것이다.

"피했어?"

지본소는 인상을 굳혔다. 자신의 검을 피한 것에 매우 놀라고 있었지만 표정은 차가웠고 스스로 오른팔을 찌른 것에 후회를 했다.

그것만 아니었다면 분명 영기위의 목을 뚫었을 것이다.

"뭐 이런 망할 새끼가 다 있지? 좀 도와주려고 했더니 검을 들어? 미쳤구나?"

영기위가 살기를 뿌리며 주먹을 쥐었다.

"뼈가 부러져야 정신을 차릴 놈이로군."

"진파랑은 왜 찾지? 설마 본 성의 사람도 아닌데 은원이 있는 것은 아닐 테고? 진파랑과 아는 사람이라면 내게는 적이지. 모두 죽여야 할 대상이니까."

지본소가 살기를 뿌렸고 영기위의 주변으로 십여 명의 장한이 모였다.

"너희들은 위험하니 그냥 돌아가. 아무래도 이제부터는 험난한 여행이 될지도 모르겠다."

그의 수하들은 슬금슬금 눈치를 보다가 뒤로 빠지더니 자리를 피했다.

그들이 멀리 사라지는 것을 볼 때까지 영기위는 지본소에게서 시선을 떼지 않았다. 그가 움직이면 자신의 수하들이 죽기 때문이다.

지본소는 영기위라면 충분히 죽일 자신이 있었다. 하지만 문득 실수를 한 게 아닌가 하는 생각도 들었다. 다쳤을 때 가장 중요한 것은 최대한 몸을 사리는 일이기 때문이다.

"천문성과는 은원을 쌓고 싶은 생각이 없는데… 그렇다고 이렇게 당해놓고 그냥 보낼 수도 없는 노릇이지."

영기위가 말을 하며 한 발 나섰고 그 순간 그의 신형이 비쾌하게 지본소의 가슴으로 파고들었다.

지본소는 영기위의 움직임이 매우 빠르다는 것에 놀라면서도 침착하게 검을 들어 그의 접근을 막았다.

검빛이 빠르게 영기위의 그림자를 잡았지만 지본소는 금세 주춤거려야 했다. 오른팔의 상처가 깊었기 때문이다.

"윽!"

날아오는 검이 허공에서 멈추자 영기위는 망설이지 않고 지본소의 복부로 주먹을 날렸다. 지본소가 재빨리 왼손을 들어 막았지만 영기위의 박치기까지 막을 수는 없었다.

영기위는 그가 자신의 주먹을 막자 지체 없이 박치기를 한 것이다.

빡!

"커억!"

안면에 큰 고통을 느낀 지본소는 쌍코피를 터뜨리며 바닥에 쓰러졌다. 영기위는 자신의 이마를 만지며 인상을 찌푸리더니 신형을 돌렸다.

"천문성이라니까 살려둔 거다. 다음부터는 조심해라. 알았냐? 재수가 없으려니까. 카악, 퉤!"

바닥에 침까지 뱉으며 갈 길을 가는 영기위의 모습에 고개를 흔들며 정신을 차리려던 지본소는 어이없다는 듯 웃었다.

살면서 이런 일을 당할 거라고 생각한 적이 없었기 때문이다. 반대로 영기위 역시 날벼락처럼 죽을 뻔했기 때문에 그의 분노는 당연했다.

지본소는 실없이 웃다가 다시 일어났다. 일어나자 그의 눈에 자신을 쳐다보는 한 사람이 보였다.

"다쳤군."

석미옥이었다. 면사의 그녀는 지본소의 전신을 살피면서

짧게 말했다. 지본소는 굳은 표정으로 고개를 끄덕였다.

"다 본 것입니까?"

"그래."

석미옥은 영기위와 만날 때부터 지본소를 발견한 상태였다.

"도와주지 그랬습니까?"

"그러려고 했지만 그냥 네 꼴이 우스워 어디까지 가나 보려고 했지."

석미옥의 말에 지본소는 씁쓸히 고개를 저었다.

"보시다시피 이 꼴입니다."

지본소가 자신의 신세를 한탄하듯 말했다. 석미옥이 물었다.

"다른 사람들은?"

"모두 죽었습니다."

"놀랍군."

석미옥은 무표정한 얼굴로 말했다. 눈빛의 변화가 많지 않아 그녀가 정말 놀란 것인지 판단하기 어려웠다.

"가자."

"어디로 말입니까?"

"집이다."

석미옥이 먼저 신형을 돌렸고 지본소가 그 뒤로 조용히 걸었다.

*　　　*　　　*

푸른 호수가 맑은 빛을 뿌리고 그 위로 구름다리가 길게 이어져 있었다. 다리 밑으로는 비단잉어가 춤을 추듯 헤엄치는 곳에 정자가 놓여 있었다.

정자 위에는 한 사내가 앉아 금을 타고 있었는데 그 금 솜씨가 대단하여 호수의 주변에 서 있던 사람들이 그 소리에 취해 있었다.

중년인의 손이 빠르게 움직이다 잠시 멈추자 사람들이 눈을 떴고 정자로 향하는 한 사람이 있었다.

그는 푸른 청의를 입고 있는 인물로 짧은 수염에 굵은 눈썹을 한 강인한 얼굴의 중년인이었다.

"오셨는가?"

금을 타던 중년인이 미소를 던졌다. 그가 금을 내려놓고 일어나 포권하자 청의인도 포권하며 허리를 숙였다.

"오랜만이네."

두 사람은 자리를 권하고 마주 앉았다.

"일이 많아 내가 조금 늦었네."

"남궁 형이 바쁜 거야 다 아는 사실이 아닌가? 신경 쓰지 말게나."

남궁세가의 가주이자 사대세가연맹의 맹주로 불리는 군자
검 남궁호영이 그였다. 금을 타는 중년인은 산동악가의 가주
인 극심검(極心劍) 악철심으로 강동의 패자라 불리는 인물이
었다.

두 사람이 한적한 장소에서 회동을 하는 것은 매우 드문 일
이었고 단둘이 이렇게 만나는 것도 매우 이례적인 일이었다.

두 사람이 정자에 마주 앉은 것을 확인한 사람들은 어느새
모두 사라졌으며 넓은 정원에 남은 사람은 단 두 사람뿐이었
다.

"천문성과의 일에 대해서는 많이 들었네."

"힘든 싸움이지… 아직 끝난 것이 아니네."

악철심은 고개를 끄덕였다.

"맞아… 끝난 게 아니지……."

악철심은 천문성과 사대세가맹의 싸움이 꽤 길었고 많은
희생이 있었다는 것을 잘 알고 있었다. 그는 다시 말했다.

"구 선배가 나서서 중재를 한다 하지만 그 원한이 어디 쉽
게 사라지겠나?"

"당분간은 사라질지 모르나… 원한은 몇백 년이 흘러도 사
라지지 않는 법이라네."

쪼르륵!

악철심이 차를 따랐고 남궁호영이 미소를 보이며 찻잔을 들었다.

"얼마 전 천문성에 소란이 있었던 모양이네."

"들었네. 상당히 큰 소란이었다고 하는데… 진 소협은 꽤나 용감한 인물로 따로 사람을 보내 만나려고 하는데 쉽지가 않을 듯하네."

진파랑이 천문성에 들어간 일을 말하고 있었으며 그를 영입하겠다는 의사로 보였다. 악철심이 그걸 모를 리 없었다. 하지만 그는 진파랑에게 관심이 없었기 때문에 그냥 흘려들었다.

"무슨 일로 보자고 한 것인가?"

본론을 꺼내라는 남궁호영의 물음에 악철심은 사뭇 진지한 얼굴로 입을 열었다.

"천문성의 명성이 크게 떨어졌으니 이때가 기회라는 생각이 문득 들었네."

"기회?"

남궁호영의 눈이 반짝였다. 악철심이 저렇게 말을 하는 경우는 드물었기 때문이다. 남궁호영은 슬쩍 미소를 보였다.

"천문성에 검을 들겠다는 것인가?"

"해볼 만하다고 생각하네."

"천문성을 몰아내자는 것인가?"

"기회가 왔다면 해야지."

악철심의 대답에 남궁호영은 차를 단숨에 마셨다. 시원하게 목을 넘어가는 찻물의 느낌이 달았고 기분이 좋아지는 것을 느꼈다.

"운중세가의 일도 있고 하니 이대로 물러서는 것도 사실 어려운 일이었네, 함께해 준다면 기꺼이 검을 들겠네."

"좋네."

악철심은 미소와 함께 고개를 끄덕였다. 천문성이 너무 큰 것도 사실이기 때문이다. 이대로 둔다면 강동까지 넘볼 게 뻔한 일이었다.

그 전에 기회가 된다면 밀어내야 했다. 그들의 힘을 약화시킬 필요를 느낀 것이다.

"남은 세가들의 힘을 모아 천문성과 결전을 벌일 생각이었는데 자네가 도움을 준다고 하니 천군만마를 얻은 기분일세."

"너무 고마워 말게나, 얻고 싶은 것이 있어 그러는 것이니."

"운하와 바닷길인가?"

"그 정도면 충분하지 않겠나?"

악철심은 굳이 숨길 생각이 없다는 듯 대답했다. 운하를 통한 강남과 강북의 거래가 활발한 지금 천문성의 등장은 그들의 상권에도 상당히 큰 영향을 주고 있었다.

"거기다 과거부터 그들의 손에 죽어간 본가의 원한도 깊어졌고… 이제는 싸울 때가 되었지."

"함께하게 되어서 기쁘네."

남궁호영은 다시 차를 따라 마셨고 악철심은 다시 말했다.

"오늘 같은 날 술잔이라도 나누고 싶지만 길게 있어봤자 천문성에 정보만 줄 것 같으니 일찍 일어나세나. 다음은 항주에서 보는 게 어떻겠나?"

"항주 좋지."

남궁호영과 악철심은 자리에서 일어나 몇 마디 더 나눈 뒤 헤어졌다.

*　　　*　　　*

천문성과 진파랑의 사건은 강호를 넘어 새외까지 퍼져 나가고 있었다. 그의 대담함과 천문성을 향한 두려움 없는 행동은 천문성의 위상을 깎아내리며 진파랑의 명성을 드높였다.

사람들은 그의 일화를 떠들었고 그가 사대문파의 숨은 제자라는 말부터 과거 천하제일이라 불린 천지검의 후계자라는 말도 나오고 있었다. 그의 명성이 높아지는 만큼 천문성의 명성은 하루가 다르게 추락하고 있었다.

그렇다고 천문성이 흔들리는 것은 아니었다. 단지 그들이 쌓아놓은 명성에 작은 금이 간 것 정도였다.

"이번 일에 대해 분명 우리의 대처가 미흡했던 것이 사실이오."

작은 회의실에는 삼남이녀가 앉아 있었다. 문대영을 중심으로 문가혁과 신주주, 십 대 후반으로 보이는 작은 키의 소녀가 앉아 있었다. 그녀는 제갈상아라 불리는 소녀로 이제 열여덟 살이었다. 그 외에 다른 한 명은 감찰각의 각주인 나한군이다. 오십 대의 나한군은 체격이 작고 날카로운 인상을 지닌 인물로 천문성에서 가장 날렵하고 빠른 손을 지닌 것으로 유명했다.

"진파랑이 살아서 나갔으니 그 책임을 피하기는 어려울 것 같소이다."

나한군이 조용히 말했고 문대영은 그 사실을 회피하지 않았다. 단 한 명을 상대하는 것으로 생각했기 때문에 너무 쉽게 생각했던 것일지도 모른다.

"상대를 경시했기 때문에 생긴 일이며 이는 총군뿐만 아니라 저희 모두에게 해당되는 일이에요."

"상대는 단 한 명이었고 그자의 무공을 무시했던 우리의 책임이란 말이오?"

"이런 일은 천문성의 역사에 단 한 번도 없었던 일이에요.

천하의 그 누가 본 성에 온 진파랑이 살아 갈 수 있다고 생각
했나요?'

나 각주의 말에 신주주가 인상을 쓰며 보기 드물게 화를 냈
다. 그녀 역시 매우 억울하다는 얼굴이었지만 진파랑을 놓친
것에 대한 책임을 져야 하는 입장이었다.

"그런 말을 한다고 해서 장로회나 성주님이 가만히 계실
것 같지는 않습니다."

나한군은 다시 입을 열었다.

"내가 물러나야 한다는 소리로군."

문대영의 목소리에 회의실은 잠시 침묵에 빠졌다. 나한군
은 불편한 얼굴이었고 문가혁과 신주주는 굳은 표정으로 차
를 마셨다.

"마침 쉬고 싶었는데 잘되었지요. 저도 물러날 생각이에
요."

신주주 역시 문대영과 함께했다. 그녀의 결정 역시 예상되
는 일이었고 총군이 물러서면 그녀 역시 뒤를 따라야 하는 것
도 순서였다.

총군만 모든 책임을 지기에는 진파랑이 살아서 돌아간 사
건은 너무 큰일이라 문대영의 위치마저 흔들리고 있었다.

"그자는 무공에 있어 성주님과 비교했을 때 종이 한 장의
차이라고 생각될 만큼 대단했습니다. 저 역시 그자의 목을 베

지 못했으니 물러나야지요."

문가혁조차도 물러설 생각을 하고 있었다. 이렇게 되면 천문성의 정치 세력이 크게 바뀌게 될 상황이었고 혼란이 올 가능성도 높아졌다. 갑자기 생긴 높은 자리들의 공석 때문이다.

나한군은 이미 예상을 했기에 입을 열었다.

"물러선다고 해결될 일은 아니오. 이번 일로 떨어진 명예를 회복하는 게 중요한 것이라 생각하오."

"어떻게 하겠다는 것인가?"

문대영의 물음에 나한군은 미간을 찌푸렸다. 자신도 이렇다 할 방법이 안 떠오르기 때문이다. 진파랑은 천문성의 삼할에 해당하는 전력을 감당한 상대였다. 거기다 성주의 검마저 견딘 상대를 어떤 방법으로 이겨야 할지 고민해야 했다.

또 하나, 천문성은 이제 천하제일인이라 불리는 장천사를 상대해야 한다는 문제도 남아 있었다. 그가 곧 천문성에 올 것이다.

분명 문홍립은 그와 대결을 펼친 것이고 승패는 갈릴 것이다. 그 이후에 어떻게 될지도 생각해야 한다. 하나 그 문제를 생각하려 해도 문대영은 할 수가 없을 것이다.

"진가의 문제는 쉽게 결정할 문제가 아니지요."

자신도 나서기 싫다는 표정으로 결정하기 어렵다는 말을 하고 있는 나한군이었다.

"다음 총군은 누가 될 것으로 생각하나요?"

지금까지 조용히 있던 제갈상아가 직접적으로 물었다. 문대영이 물러난다면 당연히 사람들의 관심은 다음 대의 총군에게 쏠리기 때문이다.

"문주영이 되겠지."

문대영의 말에 제갈상아는 미소를 보였다.

내실에 앉아 있던 문주영은 다과를 앞에 두고 홍수려와 함께 있었다. 홍수려는 진파랑의 무공이 상상을 뛰어넘었다는 것에 매우 놀라고 있었으며 그가 천문성에 남긴 상처가 매우 크다는 것에 안타까웠다.

하지만 그러한 모든 마음보다 우선시되는 것은 질투였다.

눈을 감으면 아직도 연심과 진파랑의 모습이 눈에 보였으며 연심의 얼굴이 아른거렸다. 그녀의 모습은 지우려 해도 지울 수 없는 얼굴이었다.

왜 그렇게 연심에게 화가 나는지 본인도 이해할 수가 없었다. 자신의 모든 것을 빼앗아 가버린 사람처럼 보였다.

마음이 불안하기 때문에 요즘은 외출도 자제하고 있었다. 성의 분위기도 좋지 않았으며 대거 인사이동이 있을 예정이었다. 또한 총군이 이번 일에 책임을 지고 물러선다는 소문이 돌고 있어 이목이 문주영에게 집중되고 있었다.

"아버님이 진파랑의 일 때문에 물러나실 모양이오."

"누군가는 분명 책임을 져야 하니… 어쩔 수 없는 일이지요."

총군에서 물러난다는 것에는 매우 중요한 의미가 있었다. 그것은 성주가 못 된다는 것을 의미했으며 천문성주만이 배운다는 무공 또한 배우지 못하는 것을 말했다. 그렇기 때문에 총군이란 자리에서 물러나는 것은 모든 것을 버린다는 의미도 있었다.

"성의 사람들은 내가 총군이 될 거라 말하면서도 그릇이 될지 의심하는 자들도 많이 있소이다. 내게는 너무 큰 짐인 것 같아 걱정이오."

"자리가 사람을 만든다고 해요. 문 동생은 잘할 거예요."

"도와주시오."

문주영의 말에 홍수려는 놀란 표정으로 눈을 동그랗게 떴다. 그의 말 때문이 아니라 그가 손을 잡았기 때문이었다.

"아……."

스륵!

홍수려는 손을 슬쩍 빼며 당황했던 표정을 감추었다.

문주영은 답답한지 차를 벌컥 마신 뒤 말했다.

"총군이 된다면 혼인은 당연히 해야 할 일이오. 나와 혼인하는 게 어떻겠소?"

홍수려는 또다시 놀란 표정을 보였다. 하지만 곧 고개를 저었다.

"쉽게 결정할 문제는 아니라고 생각해요."

"내가 싫은 것이오?"

"싫은 게 아니라 남자가 아닌 동생 같아서 그래요."

"후… 또 그 소리……."

문주영은 한숨을 크게 내쉬며 다시 말했다.

"천문성의 안주인이 된다는 것은 황후도 부럽지 않은 일이오."

"미안해요."

홍수려의 대답은 짧았고 곧 화제를 바꾸며 말했다.

"진파랑과 함께 있던 여자는 누군가요?"

"그녀는 아미파의 제자인 연심이오. 우중검이라 불리는 고수로 진파랑과도 인연이 깊은 것으로 알고 있소. 듣기로는 몇 년 동안 함께 살았다는 소리도 있고 무공을 가르쳐 준 스승과 제자 사이라는 말도 있소."

"깊은 인연이군요."

"그런데 왜 묻는 것이오?"

"궁금해서요… 어떤 여자인지, 왜 진파랑과 함께 있었는지……."

"그 둘은 연인일 것이오."

문주영의 말에 홍수려의 어깨가 굳어졌다. 하지만 문주영은 홍수려의 뒷모습을 보고 있었기 때문에 그녀의 표정을 볼 수가 없었다.

홍수려는 분노에 찬 표정으로 붉은 입술을 깨물고 있었다.

'연인… 이라고?'

알 수 없는 뜨거운 무언가가 목구멍을 쑤시는 것 같았다. 견디기 힘든 것이었고 표정을 감추기가 어려웠다.

"혼자 있고 싶어요."

홍수려의 목소리는 살짝 흔들리고 있었다.

"어디 아픈 것이오?"

걱정스러운 표정으로 문주영이 일어나 다가오자 홍수려는 손을 들어 막으며 다시 말했다.

"아니에요. 요즘 몸이 좋지 않아서 그래요. 좀 누워 있으면 나을 것 같아요."

홍수려가 이마를 잡으며 고개를 숙인 채 자신의 침실로 향했다.

"미안해요."

홍수려의 목소리에 그 모습을 보던 문주영은 고개를 저었다.

"아니오, 내일 다시 오리다."

"네."

문주영이 나가자 홍수려는 침상에 걸터앉아 거울을 쳐다보았다. 볼에 난 상처는 이제 거의 흔적도 없었지만 여전히 그녀의 눈에는 그 흔적이 보이는 듯했다. 손을 들어 거울을 통해 자신의 볼을 만지던 홍수려의 손이 살짝 볼을 꼬집었다.

"정신 차려… 정신 차리자… 그는 이미 떠난 사람이다."

홍수려는 고개를 깊게 숙였다.

천문성의 가장 깊숙이 자리를 잡고 있는 문홍립의 숙소에는 세 남자가 자리를 함께하고 있었다. 한 명은 문홍립이고 다른 한 명은 홍혁성이었다. 나머지 한 명은 장로인 장소삼이었다. 그들 세 사람은 술상 앞에 앉아 잔을 비우며 죽은 장로들의 넋을 위로하고 있었다.

"윤청학과 석무도가 죽었다는 게 아직도 믿어지지가 않아."

장소삼은 중얼거리며 매우 슬픈 얼굴로 깊은 한숨을 내쉬었다. 그 한숨의 무게만큼이나 실내의 공기는 무겁게 가라앉아 있었으며 입을 열려고 하는 사람은 없었다.

문홍립도 침묵으로 일관하며 차가운 표정으로 술잔을 들었고 홍혁성은 애써 담담한 얼굴로 앉아 있었다.

침착함을 유지하기 위해 노력하는 홍혁성이었고 분노를 표현하지 않으려고 애쓰는 문홍립이었다. 장소삼은 다시 한

번 한숨을 내쉬었다.

"거 한숨 좀 그만 내쉬게. 하늘이 떨어지는 것 같지 않은가."

문홍립이 참지 못하고 짜증스러운 목소리로 말했다. 하지만 장소삼은 여전히 한숨을 내쉬었다.

"멈추지 않는 것을 어쩌란 말이오? 하늘이라도 꺼져서 그들이 돌아온다면 좋겠소이다."

장소삼의 한탄에 문홍립은 고개를 저으며 술을 따라 마셨다. 그의 마음도 장소삼과 별반 다르지 않았기 때문이다.

"진파랑은 어찌할 생각인가?"

"죽여야지."

홍혁성의 물음에 문홍립은 짧게 대답했다. 간단명료하면서도 직설적인 말이며 그의 결심이기도 했다.

"친구가 죽었는데 이대로 가만히 앉아 있을 수 있는가? 절대 그럴 수 없지… 암… 절대로 말이야."

"다음 비무에서 죽이겠다는 뜻이로군?"

"그렇네."

공식적인 약속을 한 상태였기 때문에 문홍립은 다음을 고대하고 있었다. 젊은 날 느꼈던 투쟁심을 다 늙어서 느끼는 중이었다.

"진가의 무공은 어떤 것 같았나?"

홍혁성의 물음에 문홍립은 미간에 주름을 잡았다. 문홍립은 직접 진파랑과 검을 겨룬 사이였기 때문에 그의 무공에 대해 누구보다 잘 알고 있었다.

"솔직하게 묻는 것인가?"

"솔직하게."

홍혁성이 고개를 끄덕이자 문홍립은 술을 한 잔 마셨다.

"솔직히 어떻게 그런 놈이 본 성의 하급 무사로 남을 수 있었지? 어린놈이 실전 감각도 대단히 뛰어나더군. 하급 무사일 때 실전 경험을 많이 쌓아서 그런 것일까? 아니면 그놈만이 특별했던 것일까? 내공도 상당하고. 쉬운 상대는 아니었네."

"젊은 놈치고는 대단하지… 본 성의 인물이었다는데 놓친 것이 아쉽네."

문홍립의 평가는 냉정한 편이었고 그런 점이 그의 무서운 모습이기도 했다. 상대를 절대 경시하는 경우가 없기 때문이다. 천문성의 성주이면서 무공과 관련해서는 언제나 철저했다.

그 점을 아는 홍혁성이었다.

홍혁성의 말에 장소삼이 인상을 쓰며 말했다.

"젊은 인재는 본 성에도 많이 있소이다. 그런 자를 칭찬해서 무엇에 쓴단 말이오? 내 친구들을 죽인 놈인데 칭찬을 들어야 하겠소?"

불편한 표정으로 말을 하는 그였고 그 마음을 모르는 홍혁성이 아니었다.

"상대를 인정해야 그다음이 있는 것이네. 석무도와 윤청학이 그렇게 나서지 않았다면 죽지 않았겠지… 분명히 말렸어야 했는데 말이야."

"말린다고 될 문제였소? 어떻게 해서라도 진가 놈의 목을 베어버렸다면 이렇게 되지 않았을 것 아니오? 그놈의 명예가 밥 먹여준단 말이오?"

장소삼의 말은 진파랑을 향한 문홍립의 칼날이 멈춘 것을 언급하는 것이었다. 마지막 일검을 찔렀어야 한다는 뜻이었다. 문홍립은 손을 들었다.

"그만하지."

"본 성의 명예는 이미 땅에 떨어졌소이다. 진파랑이 살아 있는 한 그 명예는 돌아오지 않을 것이오."

"그렇다고 해서 개방을 무시할 수도 없지 않았나? 거기다 이제 장천사가 오네. 장천사에 대한 대책도 세워야 할 것이네."

홍혁성의 말에 장소삼은 입맛을 다셨다.

곧 그는 다시 말했다.

"총군은 어찌한다고 하오?"

"총군을 비롯한 중요 인사들이 사임 의사를 표시했네. 그들이 책임을 지고 물러선다고 하네."

"흠……."

홍혁성의 말에 장소삼은 침음을 삼켰다. 총군과 함께했던
인재들이 물러선다면 큰 공백이 생길 게 분명했다. 거기다 대
대적인 물갈이가 될 것이고 한동안 성내가 시끄러울 것이다.

"안정이 되려면 시간이 걸리겠군……."

장소삼은 가만히 중얼거렸다.

"그렇다면 다음 총군의 후보는 문주영이 되겠구려."

장소삼이 다시 말하자 문홍립은 고개를 저었다.

"몇 명 더 있네. 그들과의 경쟁에서 살아남으면 총군이 될
것이네."

"호… 직계를 버리신다는 것입니까?"

장소삼의 눈이 반짝거렸다. 문홍립의 말은 상당히 파격적
인 말이었기 때문이다. 문홍립은 다시 말했다.

"진파랑을 보고 나니 너무 문가만 고집했던 것 같아 하는
말이네. 실력이 있는 자만이 총군에 앉아야 하지 않겠나?"

"주영이는 그래도 성내에 인지도가 높은 편이네, 성품도
바르기 때문에 따르는 사람들도 많지."

"성품이 바르다고 모든 게 해결되는 것은 아니네. 마음이
약한 게 문제라면 문제네."

문홍립의 말에 홍혁성은 따로 대답하지 않았다. 장소삼은

고개를 끄덕이다 고민스러운 표정으로 수염을 쓰다듬었다.

"따로 누구 생각하는 사람이 있소이까?"

"봐야지."

애매한 대답을 하는 문홍립이었다.

"장천사는 어찌할 생각인가?"

"천문산에서 볼 생각이네."

"천문산?"

"그곳이라면 다른 놈들의 방해를 받지 않겠지."

홍혁성은 천무봉 인근의 분지를 떠올렸다. 그곳이라면 다른 사람들이 들어오기 힘든 장소가 분명했다. 하지만 과연 사세들이 못 갈까? 그들이 못 갈 곳은 세상 어디에도 없었다. 단지 문홍립은 그들을 제외한 나머지 군중들이 나타나지 않기를 바라고 있었다.

장천사를 노리는 사람들은 사세뿐만 아니라 사파도 있었으며 개방을 비롯해 마교도 존재하기 때문이다.

아무리 마교가 사라졌다고 하지만 그건 음지로 숨은 것이지 그들이 진정 사라진 것은 아니었다. 분명 그들은 세상 어딘가에 존재하고 있을 것이다.

*   *   *

천문산의 가장 높은 봉우리인 천문봉에 세 명의 인물이 서 있었다. 그들은 청풍과 정심이었고 나머지 한 명은 아미파의 연홍이었다.

청풍은 저 멀리 봉우리들 사이에 놓인 넓은 분지를 쳐다보며 말했다.

"저기 보이는 분지가 문 성주의 개인 연무장이지. 저기서 수련을 하는데 아무래도 장천사를 만나면 저기로 오지 않겠어?"

"어찌 그리 잘 아십니까?"

"옛날에 천문성에 가려고 하다가 본 것뿐이야. 문대영이가 저기서 문 성주와 함께 수련을 하더군. 사실 아무도 접근할 수 없는 곳인데 내가 넘어갔었지. 후후후."

자랑스럽게 남의 집 담장을 넘었다고 자랑하는 청풍이었다. 하지만 정심이나 연홍은 그런 청풍을 탓하지 않았다.

"여기서 기다리면 되는 겁니까?"

"여기는 너무 눈에 띄니까 저쪽 잘 안 보이는 장소로 가자고. 내 예상이 맞는다면 우리뿐만 아니라 강호의 노마(老魔)들이나 노귀(老鬼)들도 나올 수 있으니까 말이야."

"사세를 제외하고 또 누가 올 거 같은가요?"

청풍의 말에 연홍이 물었다. 청풍은 잠시 생각하다 미소를 던졌다.

"장천사의 천지검을 노리는 자들이나 그의 무공서를 노리는 자들이라면 누구라도 나오겠지, 독왕이 나올지도 모르겠군… 그자는 장천사와 원한이 있는 것으로 알고 있거든."

"조자경……."

정심은 독왕 조자경의 이름을 되뇌며 젊은 날 그의 모습을 떠올렸다. 독공의 대가로 자라기 위해 강호를 떠돌며 약초를 캐던 그였다. 처음에는 약초 장사로 알았지만 그건 겉모습일 뿐 음험하면서도 상대하기 싫은 인물이었다.

"조자경이라… 장천사와 원한이 있다 하더라도 천문성까지 그가 올까요? 천문성과의 관계를 생각하면 복건성으로 들어올 수가 없을 텐데요?"

"그건 모르지… 목숨을 걸었다면 말이야."

연홍의 물음에 청풍은 대답 후 다시 말했다.

"장소를 옮기도록 하지."

그의 눈에 저 멀리 검은 구름이 움직이는 게 보였다. 그것을 본 일행들이 재빨리 신형을 숨겼고 청풍 역시 조용히 사라졌다.

쉬쉭!

바람처럼 빠르게 산등성을 넘어 분지에 도착한 검은 구름은 순식간에 흩어지더니 검은 장삼을 입은 운지학이 모습을 보였다.

그는 주변 산세를 둘러보며 맑은 하늘을 쳐다보곤 살짝 미간을 찌푸렸다. 분지를 감싸고 도는 십여 개의 기운이 느껴졌기 때문이다.

"천문성의 개들인가?"

운지학의 목소리가 낮게 울리자 백색 그림자가 빠르게 운지학의 앞에 나타났다. 그는 천문성의 호위무사로 천문성의 친인들만 호위하는 호위단에 속한 자였다.

"후배 양량이 운 선배님께 인사를 드립니다. 이곳을 지키는 것이 제 임무이기 때문에 있는 것입니다."

"쫓아내겠다는 것이냐?"

"아닙니다. 성주님이 허락하지 않은 자들을 막는 일이 저희의 일입니다."

"나는 허락한 모양이지?"

"그렇습니다."

운지학은 손을 저었고 곧 양량이 소리 없이 사라졌다. 운지학은 문홍립이 자신이 올 거란 사실을 알고 호위무사들에게 부딪치지 말라는 지시를 내린 것으로 생각했다. 쓸데없는 인명 피해를 줄이겠다는 심산이었다.

"먼저 오셨구려."

진중한 목소리와 함께 섭선을 손에 쥔 청의 중년인이 나타났다. 그는 구천혁이었고 입가에는 부드러운 미소를 걸고 있었다.

"천하의 이목이 지금 천문성에 집중되고 있네, 수많은 강호인들이 천문성으로 왔는데 이 좋은 구경거리를 못 보게 돼서 안타깝군."

구천혁은 섭선을 펼쳐 부채질을 하며 혀를 찼다. 하지만 운지학은 그런 구천혁의 모습이 긴장을 풀기 위한 행동이라 생각했다. 평소답지 않았기 때문이다.

"오는군."

구천혁이 말하자 운지학의 시선이 북쪽으로 향했다. 그곳에 허공을 훨훨 날아오는 백의 장년인이 보였다.

"하하하하!"

호탕하게 웃으며 나타난 장천사였다. 그는 아무렇지도 않게 백여 장이나 되는 거리를 순식간에 좁혔다. 그가 멈추자 강한 바람이 사방으로 휘몰아쳤다.

장천사는 북쪽에 서서 운지학과 구천혁을 향해 포권하며 인사를 했다.

"두 분을 이렇게 다시 뵙게 되어 반갑습니다. 하지만 그리 만나고 싶지 않은 것도 사실이지요."

"우리가 그래도 눈에 들어오는 모양이구나?"

운지학이 굳은 표정으로 묻자 장천사는 당연하다는 듯 고개를 끄덕였다.

"안 들어오겠습니까? 세상이 넓다 한들 어디 두 분 같은 사람이 더 있겠습니까? 솔직히 귀찮아서 그냥 약속도 잊고 산속에 들어갈까 하다가 그냥 가는 것도 솔직히 뒤가 그래서 온 것입니다."

"우리가 그렇게 귀찮은 모양이군?"

장천사는 구천혁의 말에 슬쩍 시선을 던졌다. 구천혁이 섭선을 접자 강한 기도가 흘러나왔고 금세 장천사를 후려칠 것 같은 환영이 보이는 듯했다.

"귀찮지요. 과거의 원한에 대해 어느 정도 매듭을 짓지 않으면 안 되기 때문에 나온 것뿐입니다."

"매듭이라… 심경에 변화라도 온 것인가?"

"저도 이제 나이가 좀 들어서 제자가 필요하기 때문에 그런 것 아니겠습니까? 제 원한을 제자가 짊어지고 가게 할 수는 없지요."

장천사의 말에 운지학이 살기를 보였다.

"제자까지 갈 필요도 없다. 내 손에 죽으면 될 테니 말이다."

"자신 있습니까?"

장천사가 평소와 다르게 사뭇 진지해지자 운지학은 순간적으로 움찔거렸다. 장천사의 날카로운 눈빛이 사나웠기 때문이다.

하지만 운지학은 자신이 잠시 장천사의 기도에 무너졌다는 것이 짜증 난다는 듯 다시 말했다.

"진지하게 싸워야지. 진지하게… 이번에는 내가 죽더라도 네놈을 이길 것이다."

"자존심이군요."

장천사의 말에 운지학은 주먹을 쥐었고 구천혁이 그 사이에 끼어들며 말했다.

"나는 자존심이 아니라 무공서네, 태청보록을 원하지."

"태청보록이라… 구 선배가 원하는 내용이 있을지 모르겠습니다."

"그건 내가 봐야 알 일 아닌가?"

구천혁의 말에 장천사는 고개를 끄덕였다.

"하긴… 그렇지요."

태청보록은 일기였기 때문에 일반인이 봤을 때는 별다른 내용이 없을 것이다. 하지만 구천혁이라면 분명 무언가를 얻을 것이고 그것이 무공의 발전이 도움이 된다면 그에게 있어서 그 보다 더한 것은 없었다.

"문 선배와 먼저 하려고 했는데 두 분이 이렇게 선수를 치신 것으로 보아하니… 손을 잡으셨군요?"

장천사의 말에 구천혁이 미미하게 고개를 끄덕였.

"천하에 못 갈 곳이 없고 그 누구도 상대가 없다 하는 나 구천혁이다. 그런 내가 저 친구와 손을 잡았다는 것은 네가 곧 천하제일이란 것을 뜻하는 것이 아니고 무엇이겠느냐? 섭섭해하지 말거라."

구천혁의 말에 장천사는 미소를 보였다. 구천혁의 말처럼 강호의 사세라 불리는 두 사람이 손을 잡은 것이다.

그들이 이렇게 손을 잡고 상대하려는 인물이 현 강호에 존재할까? 오직 장천사를 제외하면 없을 것이다.

"짜증 나지만 인정할 건 해야지. 솔직히 말해서 사실 네놈을 이기지 못하고 죽을 거라 생각했다. 그런데 그렇게 죽으려니 너무 억울해서 잠을 못 자겠더군."

운지학의 말에 장천사는 검의 손잡이를 잡았다.

"그 마음 충분히 이해합니다. 방 안에 모기가 한 마리 날아다니는데 잠은 오고 모기를 잡고 자야겠는데 눈에 보이지는 않고… 참으로 난감한 심정이지요. 모기를 잡으려고 방을 돌아다니는데 잡히지는 않고 잠은 오고. 하… 그러한 심정이겠지요."

자신을 모기와 비교하는 장천사의 말에 운지학은 크게 웃었다.

"하하하하하!"

자신을 모기에 비유한 것이라 생각하면 분명 화가 날 법도 했지만 그의 말이 참 적절하다는 생각도 들었고 재미있었기 때문에 화가 나지는 않았다.

그리고 그의 웃음소리로 인해 장내의 분위기는 바뀌었고 긴장도 풀어졌다. 운지학과 구천혁은 내심 긴장하고 있었기 때문이다.

"내가 먼저 손을 쓰기로 하지."

구천혁이 섭선을 펼치며 앞으로 나서며 순식간에 장천사를 향해 접근했다. 그의 섭선이 거대하게 변하는 듯하더니 나비처럼 날개를 펄럭이며 장천사를 덮쳤다.

"화점선법(花點扇法)이군요. 어디서 배운 것입니까?"

"마누라가 가르쳐 주었네."

구천혁의 대답과 함께 빛이 일렁거렸고 날카로운 바람 소리와 함께 거대한 나비가 수십 조각으로 잘려 나갔다.

*　　　*　　　*

장천사의 손에는 어느새 검이 들려 있었고 햇살에 반짝이는 검빛이 구천혁의 시선을 자극했다. 그 순간 운지학의 우장이 장천사의 옆구리를 파고들었다. 소리 없이 다가와 일장을 펼친 것이다.

장천사는 검면으로 우장을 막으며 뒤로 반보 물러섰다. 바람 소리가 쉬쉭! 하며 사방으로 퍼져 나갔고 운지학은 우장을 거두며 좌장으로 장천사의 머리를 쳐갔다.

횡!

옷자락 휘날리는 소리와 함께 강한 내력이 담긴 좌장의 모습에 장천사는 검을 비틀어 오히려 운지학의 가슴을 찔렀다.

휘리릭!

회오리치는 검기의 소용돌이에 옷자락이 말려들어 간 운지학은 재빨리 좌장을 거두며 우장으로 장천사의 단전을 찍었고 장천사는 그럴 줄 알았다는 듯 검의 방향을 틀어 운지학의 목을 베어갔다.

쉬쉭!

날카로운 바람 소리와 함께 운지학의 신형이 뒤로 삼 장이나 물러서 있었고 장천사의 신형 역시 좌측으로 일 장이나 옮겨 간 상태였다.

운지학의 일장은 집채만 한 바위도 한 번에 으깨 버리는 위력을 지닌 무시무시한 장영이었고 장천사의 검기 또한 단단한 쇠라 하더라도 두부처럼 잘라 버리는 날카로움을 지니고 있었다. 스치기만 해도 보통의 고수라면 죽음을 피하지 못할 것이었으나, 둘의 공격은 서로의 신체에는 별다른 영향을 주지 않은 듯했다.

"흠……."

장천사의 오른쪽 소맷자락이 뜯겨 나가 있었으며 그 옷자락을 좌수에 쥐고 있던 운지학은 인상을 찌푸렸다. 손목에 살짝 붉은 선이 그어졌기 때문이다.

"귀찮은 놈……."

운지학은 인상을 찌푸렸다. 장천사를 상대할 때면 자신의 뜻대로 되는 일이 하나도 없었기 때문이다. 그때 구천혁의 신형과 장천사의 그림자가 섞였고 눈 깜짝할 사이에 두 사람의 신형이 교차되더니 어느새 구천혁이 운지학의 옆에 나타났다.

"빌어먹을 자식."

구천혁이 중얼거리며 섭선을 들었다. 그의 섭선은 수십 갈래의 금이 그어져 있는 상태였고 곧 절반이 파스스! 으스러지더니 바닥에 떨어졌다. 강기에 당한 흔적이었고 장천사는 검을 한번 회전시키며 가슴 앞에 들더니 슬쩍 미소를 보였다.

"아끼던 것이었습니까?"

"마음에 들던 것인데……."

구천혁이 섭선을 품에 넣은 뒤 인상을 찌푸렸다. 부인이 외출한다고 해서 선물로 준 것이었는데 이렇게 망가져 버렸으니 돌아가서 어떻게 말할지 고민스러웠다. 절반이 사라진 섭선을 보여주면 분명 바가지를 긁을 게 뻔했기 때문이다.

"저런… 그렇다면 좀 소중히 다뤄야지요."

검을 내리며 장천사가 말했고 구천혁은 반보 나서더니 앞으로 뻗어 나갔다.

"사과라도 하면 밉지도 않지!"

휙!

구천혁의 신형이 순간적으로 늘어나는 듯하더니 어느새 장천사의 사방을 점하고 주먹을 날렸다.

주먹의 그림자는 천지사방을 가득 채운 듯 보였고 일권만 맞아도 피떡이 될 것 같은 위력을 지녔다. 그때 거짓말처럼 장천사의 신형이 흐릿하게 변하더니 사라졌다.

콰쾅!

장천사가 있던 자리의 땅이 파이고 흙먼지가 피어올랐으며 어느새 좌측 오 장의 거리에 모습을 나타낸 장천사가 검기를 뿌렸다. 그러자 흔들리는 실선들이 마치 그물이라도 만들 듯 흐물거리며 구천혁을 덮쳤다.

"그 나이에 아직도 전성기 때의 무공을 유지하시다니 대단하십니다."

장천사의 농이었고 구천혁은 일권을 앞으로 내질렀다.

"시끄러운 녀석."

슈아악!

강한 바람과 함께 거대한 금룡이 순식간에 회오리치며 그물 같은 실들을 끊어버린 채 장천사를 덮쳤다.

검광이 번뜩였다.

콰!

강한 폭음과 함께 순식간에 공기의 파장이 파도처럼 사방으로 퍼져 나갔다. 구천혁은 인상을 쓰며 서 있었고 장천사는 검을 늘어뜨린 채 여전히 여유로운 미소를 보였다.

"저는 아직 전성기이고 두 분 선배님들은 이제 손자, 손녀를 보시면서 여생을 보내셔야 할 나이인데 왜 자꾸 욕심을 내십니까? 그만 강호를 손에서 내려놓는 게 어떻습니까?"

그의 말에 구천혁이 아니라 운지학이 대답했다.

"모든 걸 다 버려도 딱 한 가지는 못 버린다."

"무엇입니까?"

장천사가 궁금한 표정으로 묻자 운지학은 허공을 솟구치며 말했다. "

"네놈이다!"

쉬악! 콰쾅!

운지학의 뇌성벽력장이다. 번갯불의 섬광과 함께 벼락 치는 소리까지 동반한 거대한 장영이 떨어졌고 그 사이로 구천혁의 용명수가 공기를 가르며 앞으로 뻗어 나갔다.

장천사는 그 둘의 합격에 인상을 굳히며 화산의 풍운검법의 펼쳤다. 신풍선현(神風仙玄)의 절초를 처음부터 펼치자 백색의 검강이 파도처럼 일어나 두 사람을 덮쳤다.

파파팟!

검강에 잘려 나가는 용명수와 뇌성벽력장의 모습 속에서 장천사의 신형이 흐릿하게 움직이며 운지학의 가슴으로 검을 찔렀다.

핑!

검화가 피었고 운지학은 좌장을 쳐냈다.

쾅!

폭음과 함께 장천사의 신형은 어느새 구천혁의 머리를 노리고 검을 베어가고 있었다. 운지학과 구천혁을 거의 동시에 공격하는 그였다.

휘릭!

구천혁의 신형이 어느새 뒤로 물러섰고 운지학과 함께 서 있었다.

장천사는 두 사람을 동시에 공격하면서도 호흡의 흐트러짐이 없어 보였다.

"천하무적이 따로 없군."

구천혁은 장천사의 무공에 감탄하며 말했다.

구천혁과 운지학의 협공을 받으면서도 저렇게 여유를 보이는 상대는 없을 것이다. 마교의 교주라 해도 강호사세의 두 명을 상대할 수는 없었다.

그만큼 장천사는 마치 선계에 있는 인물처럼 보였다. 그때 천문봉을 넘으며 날아드는 인영이 있었다.

"내 허락도 없이 잘도 기어들어 왔구나!"

쉬아아악!

다섯 개의 검과 함께 나타난 인물은 문홍립이었다. 그는 장천사가 나타났다는 소식을 듣는 순간 모든 것을 제쳐두고 나온 것이다.

그가 나타나자 장천사는 포권하며 허리를 숙였다.

"이거 허락도 없이 들어와서 소란을 피웠습니다."

장천사의 말에 문홍립은 인상만 쓸 뿐 딱히 따지지는 않았다. 장천사가 다시 말했다.

"근래에 안 좋은 일이 많다고 들었습니다. 근심이 크시겠지만 먹구름은 어차피 흘러가는 구름일 뿐이니 너무 심려하지 마십시오."

"네놈 걱정이나 듣고자 온 것이 아니다."

"물론 그렇겠지요."

"네놈은 예나 지금이나 무슨 말을 하더라도 기분이 나쁘구나."

문홍립의 말에 장천사는 미소를 보였다. 곧 그는 다시 말했다.

"이렇게 세 분이 모였으니 다시 우리의 관계를 명확하게 짚고 넘어가야 할 것 같습니다. 이제는 더 이상 세 분과 반복하는 것도 지겨우니 오늘 깔끔하게 정리를 하는 게 어떻겠습니까?"

"네놈이 목을 내놓겠다는 뜻이로구나."

"그럴 생각은 없구요."

운지학의 말에 장천사는 손을 저었다. 애초에 죽을 생각은 눈곱만큼도 없는 그였다.

"그럼 나와의 관계는 정리가 되지 않는다."

운지학은 잘라 말했다. 그러자 문홍립이 나섰다.

"네놈은 잠시 빠지게. 여긴 내 집이니 내가 나서지."

"네놈과의 관계는 저놈과 해결을 본 뒤에 할 것이니 잊어버리지 말게."

"흥! 우리의 관계야 당연히 해결해야지. 암습이나 하지 않았으면 좋겠군."

"나를 뭘로 보고."

운지학의 대답에 문홍립은 고개를 끄덕인 뒤 장천사를 향해 앞으로 나섰다. 그가 네 개의 검을 허공에 띄우자 장천사는 미소를 던졌고 순간적으로 커다란 낙성검이 하늘에서 별처럼 떨어졌다.

쉬아아악!

"여전합니다."

쾅!

폭음과 함께 낙성검이 떨어진 자리에 땅이 파였고 먼지구름 사이로 네 개의 검이 마치 화살처럼 쏘아져 들어갔다.

파파팟!

애초에 낙성검에 장천사가 피해를 볼 거라 생각지 않았기 때문에 연이어 공격을 한 것이다. 장천사라면 한두 개의 검으로 상대할 수 없기에 처음부터 네 개의 검을 동시에 펼쳤고 문홍립의 신형이 먼지구름 속으로 들어갔다.

콰쾅!

폭음성과 함께 먼지구름이 원형을 그리며 사방으로 흩어졌고 그 사이로 저 멀리 이십여 장이나 날아가는 장천사가 보였다.

장천사는 암벽에 발을 디디고 힘을 주어 뛰어올랐다. 그 순간 두 개의 검이 암벽에 충격을 주었다.

콰쾅!

암벽이 터지면서 사방으로 돌무더기를 날렸고 두 개의 검이 회전하며 뒤이어 장천사를 따랐다. 그 사이로 문홍립이 보였고 그의 다른 두 개의 검이 허공으로 날아가는 장천사를 향해 곡선을 그리고 접근했다.

장천사는 재빨리 검을 휘저어 두 개의 검을 튕긴 뒤 몸을 뒤집어 밑에 있는 문홍립을 향해 일검을 찔렀다.

쉭!

강력한 빛이 허공에서 떨어졌다.

빛은 마치 낙성검과 같았고 그 위력은 검강이었기에 상대하기 어려웠다. 문홍립이 손을 들어 두 개의 검을 모으며 쉬아아악! 하는 바람 소리와 함께 빠르게 회전하자 거대한 백색 회오리가 만들어졌다.

콰쾅!

"큭!"

문홍립의 신형이 무릎까지 땅에 박혔고 어느새 장천사가 우측에서 다가오고 있었다. 문홍립은 재빨리 검을 들어 검기를 뿌림과 동시에 뛰어올라 세 개의 검을 날렸다.

쉬쉬쉭!

세 개의 검이 회전하며 장천사를 향했다.

"어림없습니다."

따다당!

세 개의 검을 이기어검으로 펼치면서도 장천사의 검날을 막지 못했다. 하지만 남은 하나의 검이 벼락처럼 장천사의 신형을 뚫고 들어갔다.

"무음검(無音劍)!"

팟!

검날이 장천사를 뚫고 지나쳐 허공에서 회전하다가 어느

새 문홍립의 발아래에 박혔다. 문홍립은 슬쩍 미소를 보였다.

"어떠냐? 쓸 만하지 않느냐?"

문홍립의 말에 장천사가 허깨비처럼 사라졌다가 다시 나타나더니 옆구리를 잡고 인상을 찌푸렸다.

그의 옆구리에서 피가 보였고 장천사는 곧 미소를 보이더니 검을 들었다.

"생각지도 못한 한 수였습니다. 대단합니다. 이런 수를 보이려고 그렇게 저를 기다렸습니까?"

"쓸 만하다니 다행이군."

문홍립은 장천사가 자신의 검공을 칭찬했다는 것에 만족한 얼굴이었다. 하지만 기다렸던 한 수로 장천사의 옆구리에 작은 검상만 입혔을 뿐이다.

그게 아쉽다는 생각이 들었다.

장천사가 손에 묻은 피를 바라보며 물었다.

"또 다른 건 없습니까?"

"몇 가지 더 있지."

문홍립이 검을 가슴 앞으로 들자 네 개의 검이 그의 주변을 맴돌기 시작했다. 그 모습에 장천사는 내력을 모았고 강한 기운이 사방으로 퍼지기 시작했다.

"천문오검을 완벽하게 완성하시면 상대가 될지도 모르지요."

"먼저 가지."

팟!

문홍립이 나서자 그의 네 개의 검이 먼저 화살처럼 장천사를 향했으며 그 뒤로 이어진 문홍립의 검강은 거대하게 빛을 발했다.

천문오검의 사검 광폭검(狂暴劍)을 펼친 것이다. 광폭검에는 진파랑도 죽을 뻔했으며 커다란 위기를 맞이했을 정도로 위력적인 검공이었다.

"광폭이로군."

장천사는 가만히 중얼거렸다. 사방에서 휘몰아쳐 오는 거대한 검강의 파도에 홀로 서 있는 기분이었다. 하지만 광폭검을 처음 본 것은 아니었다.

"천지부동(天地不動)."

ㅡ하늘과 땅은 움직이지 않는다.

장천사의 검에서 빛과 함께 수십 개의 장벽이 겹겹이 펼쳐지더니 아주 작은 검빛이 그의 검끝에 모여들기 시작했다.

콰콰쾅!

폭음과 함께 강기 다발이 사방으로 흩어졌으며 그 폭풍우를 피하기 위해 오십 장이나 물러선 구천혁과 운지학은 재미

있다는 듯 두 사람의 싸움을 쳐다보고 있었다.

핑!

흩어지는 강기의 다발 속에서 네 개의 검이 튕겨 나갔고 문홍립과 장천사의 사이로 작은 빛이 일렁이는 게 두 사람의 눈에 보였다.

퍽!

第五章
밤에 오는 칼

진가도

폭풍우 치는 검강의 바람 속에 서 있는 장천사의 주변으로 수백 개의 검이 마치 실물처럼 나타나 회전하기 시작했다.

　일차로 떨어지는 문홍립의 광폭검을 막았지만 그의 검이 멈춘 것은 아니었다. 문홍립의 검강은 여전히 건재해 장천사의 천지부동을 깨고 있었다.

　홍수처럼 들어오는 그의 검강에 장천사는 무극검을 펼쳤다. 강한 힘이 밀고 들어온다면 막는 것보다 흘려보내는 것이 더욱 좋은 수였다. 물론 할 수만 있다면 누구나 해보고 싶을 것이나 문홍립의 검강을 누가 흘릴 수 있을까?

장천사였기 때문에 가능한 일이었다.

파팟!

무당의 무극검법을 펼치자 장천사의 검이 가벼운 은빛을 띠면서 날아드는 검강의 기운을 슬쩍 옆으로 밀쳐냈다. 그의 검을 타고 검강의 거대한 기운이 좌측으로 흘러갔고 문홍립의 검날이 다가오고 있었다.

"실력은 여전하구나."

문홍립은 천지부동의 강한 힘을 이미 경험했기 때문에 그가 만든 벽을 허물어 버리고 들어가 장천사의 미간으로 검을 찌르고 있었다.

그의 머리 위로는 튕겨 나간 네 개의 검이 허공을 날아가고 있었으며 검빛이 선이 되어 금방이라도 장천사를 두 동강 낼 것 같았다. 하지만 장천사의 검이 호선으로 휘어지며 그의 검을 받아내더니 방향을 틀었다.

내력과 힘이 모두 다 자신의 의지와는 상관없이 틀어지는 것에 인상을 쓴 문홍립은 좌측으로 몸을 옮겨야 했다.

"천지신공(天地神功)……."

문홍립은 인상을 찡그리며 십여 장이나 급하게 물러섰다. 그는 중심을 살짝 잃은 상태였는데 이때 공격을 당한다면 아무리 그라도 피하기 어렵기 때문이었다. 더군다나 상대는 장천사였다.

파팟!

땅에서 피어난 먼지구름이 허공으로 높게 솟구쳐 사라지더니 강한 바람이 분지 안으로 불어왔다.

봉두난발처럼 머리카락을 휘날리며 서 있는 문홍립은 굳은 표정이었고 그의 양어깨에 붉은 혈선과 함께 핏물이 팔을 타고 흘러내렸다.

그 짧은 사이에 장천사의 무극검기에 당한 상처였다.

문홍립을 옆으로 흘릴 때 그 틈을 놓치지 않고 움직인 것이다.

"네놈의 천지신공은 언제나 느끼는 것이지만 사공(邪功)처럼 보이는구나."

"사공이 맞지요. 제가 봐도 이건 신기하면서도 현묘하고 가끔은 사이하면서 마도스럽기도 하지요. 그러니 사공이 아니고 무엇이겠습니까?"

장천사의 말에 문홍립은 콧방귀를 날리며 손을 들었다. 그러자 네 개의 검이 허공에서 날아와 그의 머리 위를 맴돌았다. 아직 그의 내력이 네 개의 검을 이기어검으로 돌릴 정도는 된다는 뜻이었다.

'노괴가 아직도 할 모양이군.'

장천사는 귀찮다는 표정을 보이며 검을 늘어뜨렸다. 사실 문홍립을 상대하는 것은 쉬운 일이 아니기 때문이다. 무엇보다 다른 두 명도 쉬운 상대들이 아니었고 한참 동안 싸워야 할 괴수들이었다.

한번 시작하면 며칠이 지나도 끝나지 않을 싸움들이었기에 이들과 마주한다는 것은 중노동을 해야 한다는 것과 같았다.

멀리서 두 사람의 싸움을 지켜보던 구천혁과 운지학은 난감하다는 표정이었다. 운지학은 장천사에게 문홍립의 무음검이 통하지 않았다는 것에서 놀라고 있었으며 자신이 만약 문홍립의 무음검을 맞았다면 큰 부상을 당하거나 죽었을지도 모른다고 생각했다.

그것은 운지학뿐만 아니라 구천혁도 마찬가지였다. 하지만 둘 간의 싸움이 벌어진다면 문홍립이라고 해서 구천혁을 상대로 무사할 수는 없을 것이다.

두 사람은 머릿속에서 장천사를 상대하기도 하고 문홍립을 상대하기도 하면서 자신의 무공을 펼치고 있었다.

"흠… 쉽지 않아."

운지학이 수염을 쓰다듬으며 고민스럽게 중얼거렸다. 그 말의 뜻을 잘 아는 구천혁이었기에 고개를 끄덕일 수밖에 없었다.

두 사람의 시선에 문홍립이 달려드는 것과 장천사의 검강이 거대하게 피어나는 게 보였다. 그 모습에 구천혁은 인상을 찌푸리며 호신강기를 극대화하였고 운지학은 전신으로 검은 구름을 피워 올렸다.

"여길 다 부숴 버릴 작정인가?"

운지학은 말과 함께 뒤로 물러났다.

콰쾅!

이전과는 비교도 할 수 없는 강한 폭음이 터졌으며 사방으로 흙먼지와 함께 태풍 같은 바람이 몰아쳤다.

장천사의 신형이 천문산의 위로 솟구쳤으며 문홍립의 검들이 회오리치며 날아들었다. 그 속에 문홍립이 있었고 장천사는 산 정상에 내려섰다. 그 자리를 향해 강한 검강을 가득 담은 검들이 유성우처럼 떨어져 내렸다.

"이놈!"

커다란 외침과 함께 문홍립이 화살처럼 날아들었지만 장천사는 검을 들어 네 개의 검을 모두 튕겨낸 뒤 문홍립을 향해 십여 개의 검강을 점처럼 찍어 날린 뒤 다시 뛰어올랐다.

파파팟!

검강을 모두 쳐낸 문홍립은 지친 표정으로 봉오리 위에 서서 검을 들었다. 그의 검들은 이미 힘을 잃어 바닥에 떨어져 있는 상태였으며 문홍립도 땀에 젖은 얼굴이었다.

허공에서 서서히 분지가 있는 곳으로 내려가는 장천사는

마치 공중에 떠 있는 사람처럼 보였다. 전설적인 무공인 능공허도를 자연스럽게 펼치는 그였다.

"여전하구나… 여전해."

과거에 비해 더욱 발전한 것은 자신만이 아니라 장천사도 마찬가지라는 것을 깨달은 문홍립이었다.

모든 일을 총군에게 위임하고 무공 수련에 박차를 가한 것도 장천사를 이기기 위함이었다. 하지만 장천사라고 해서 아무것도 안 하고 있는 게 아니란 것을 알게 되었다. 그도 지난 십 년간 끊임없이 노력했다는 것을 보여준 것이다.

장천사가 분지에 다시 내려서자 구천혁이 앞으로 나서며 십여 개의 용을 만들었다. 자연스럽게 일격을 가하는 구천혁은 빠르게 장천사를 향해 접근했고 그가 만든 용들은 천지사방을 모두 잡아먹을 기세였다.

하지만 장천사의 검이 원을 그리고 빛과 함께 거대한 원이 퍼져 나가자 날아들던 용들도 금세 사라져 버렸다.

쉭!

바람 소리와 함께 구천혁의 신형이 어느새 장천사의 일 장 앞까지 접근해 있었으며 그의 주먹이 장천사의 얼굴을 향하고 있었다.

"움직이지 말거라."

한 대라도 장천사의 얼굴을 때리면 기분이 풀릴 것 같은 표정이었다. 하지만 장천사는 좌장을 들어 막았다.

쾅!

무당의 면장과 소림의 금강권이 부딪쳤다. 강한 충격파에
구천혁은 물러섰으며 장천사도 반보 뒤로 물러났다.

그때 장천사의 머리 위로 검은 구름이 덩어리로 떨어져 내
렸다. 운지학이다.

"핫!"

콰콰콰쾅!

운지학의 기합성과 함께 두 개의 뇌성벽력장이 약간의 시
간 차를 두고 장천사의 머리로 떨어져 내렸다.

문홍립이 어느새 다가오고 있었으며 그 역시도 내력을 모
은 채 한 수를 펼치려고 준비 중이었다.

강호의 하늘이라 불리는 세 사람의 공격을 연이어 받게 되
자 장천사의 안색이 굳어질 수밖에 없었다.

다시 한 번 천지부동의 검식을 펼쳐지며 강한 강기의 푸른
막이 사방으로 퍼져 나갔다. 아까와 다른 위력의 천지부동에
운지학의 표정이 굳어졌다.

콰콰쾅!

천지가 개벽하는 듯 흔들리더니 어느새 장천사의 신형이
산 정상으로 뛰어올라 천문봉에 나타났다.

"젊을 때는 그래도 혼자서 싸움을 걸어오시더니 이제는

늙었다고 염치도 없어지신 겁니까? 이건 너무하지 않습니까?"

그의 목소리가 크게 울렸고 분지에 있던 운지학이 인상을 찌푸리다 뛰어올랐다. 검은 구체가 뛰어오르자 세 마리의 용이 그 옆에 나타났고 네 개의 검이 한꺼번에 회전하며 장천사를 덮쳐갔다.

천지를 집어삼킬 것 같은 세 사람의 협공에 장천사는 혀를 내두를 수밖에 없었다.

"이건… 너무하잖아."

아무리 자신이라도 이렇게 세 사람의 공격을 연이어 막는 것은 무리가 따를 수밖에 없었다. 하늘에 닿았다고 하지만 하늘이 된 것은 아니기 때문이다.

장천사는 허공으로 높이 뛰어올랐다.

그가 있던 자리로 세 사람이 펼친 엄청난 강기들이 폭포수처럼 쏟아졌고 굉음과 함께 산이 무너지듯 흔들렸다.

콰쾅!

천문봉의 암벽들이 파괴되어 사방으로 흩어졌고 그 사이로 운지학이 나타났다. 운지학의 검은 구름은 조금 색이 옅게 변한 상태였다. 그는 희미한 그림자와 함께 반대편에 나타난 장천사의 모습을 쫓았다.

하지만 장천사보다 천문산으로 모여드는 천문성의 무사들

이 신경에 거슬렸다. 지금이야 내력이 아직 남아 있으니 저들을 겁낼 필요가 없지만 만약 장천사와의 싸움에서 내력이 고갈되면 큰 낭패를 당할 게 뻔한 일이었다.

거기다 문홍립은 자신을 그냥 돌려보낼 위인이 아니었다.

따다다당!

금속음과 함께 수백 개의 검 그림자와 장천사의 환영이 눈에 보였다. 그곳에 문홍립의 환영 역시 수십 개로 늘어나 있었으며 둘은 일 장의 거리를 두고 움직였다.

장천사의 반 장 안으로 들어가는 일이 쉬운 게 아니었다. 거기다 천지신공은 모든 힘을 뒤틀어 버리는 기묘한 힘이 있는 무공이었다.

문홍립의 무음검이 빗나간 것도 천지신공의 신묘함 때문이 분명했다.

쾅!

검을 쳐낸 장천사가 물러서는 문홍립을 향해 검기를 뿌렸고 문홍립은 검기를 피하며 장천사의 허리를 베었다. 이형환위를 펼쳐 잔상을 남긴 그는 반 장의 거리까지 들어갔으나 검날이 휘어지는 것을 느꼈다.

횡!

허공을 베어버린 문홍립은 재빨리 검을 들어 옆에서 날아드는 장천사의 검을 막았다.

"지치지도 않느냐?"

"제가 아직 젊어서 괜찮습니다."

장천사가 미소를 보이며 문홍립을 검기가 아닌 좌장을 뻗어 뒤로 물러서게 했다. 좌장에서 일어난 면장의 쉭! 하는 날카로운 소리에 문홍립은 저절로 몸을 피해 물러서야 했다.

공격이 검을 든 우수의 겨드랑이로 들어왔기 때문이다. 찰나의 빈틈을 놓치지 않은 것이다.

"산이 무너지고 하늘이 진동을 했어도 장천사 네놈은 절대 흔들리는 법이 없구나."

구천혁이 감탄한 얼굴로 중얼거리며 물러선 문홍립의 옆에 나타났다. 그 옆으로 오 장의 거리에 검은 구름이 나타났고 운지학이 모습을 보였다.

"과찬이십니다. 보기와 달리 저도 꽤 지쳤지요."

장천사가 소매로 이마를 훔치며 깊은 숨을 내쉬었다. 그 모습에 구천혁과 운지학의 표정이 굳어졌다. 문홍립은 어금니를 깨물며 다시 한 번 검을 들어 올렸다. 하지만 장천사가 막았다.

"잠깐 쉬었다가 합시다."

"쉴 시간이 있을 것 같으냐?"

운지학이 말했고 그는 헝클어진 머리카락을 뒤로 쓸어 넘기며 살기를 보였다.

장천사는 곧 품에서 책을 하나 꺼내 들었다.

"이건 구 선배가 원하는 태청보록 상권이고……."

태청보록이라는 말에 구천혁과 운지학의 눈동자가 반짝였고 문홍립도 굳은 표정을 보였다. 일정 수준을 넘어선 그들이라 하더라도 자신들의 무공에 도움이 되는 것이라면 당연히 흥미를 보일 수밖에 없었다.

장천사는 품에서 또 다른 얇은 책을 꺼내 들었다.

"이건 천문오검의 파훼법이 적힌 책인데… 문 선배가 좋아할 것 같습니다."

문홍립은 장천사의 말에 눈을 번뜩이며 검을 거두었다.

"네가 만든 것이냐?"

"문 선배를 상대하면서 나름대로 생각해 둔 것이지요. 필요하십니까?"

천하제일이라 불리는 장천사가 만든 것이라면 당연히 얻어야 했다.

"그것으로 우리의 관계를 정리하자는 뜻이겠지?"

"물론이지요."

장천사의 대답에 문홍립은 인상을 찌푸린 채 고민하는 표정을 보였다. 구천혁은 장천사의 손에 들린 태청보록에 상당히 신경을 쓰는 눈치였고 운지학 역시 구미가 당기는 표정이었다. 그의 목적 중 하나가 바로 장천사의 태청보록이었기 때문이다.

"흥미롭군."

운지학은 수염을 쓰다듬으며 중얼거렸다.

장천사의 의도는 명확했다. 자신이 가지고 있는 보물을 줄테니 그동안의 은원은 깔끔하게 정리하자는 것이었고 그것은 그들에게 있어서 그렇게 나쁜 제안은 아닌 것처럼 보였다.

하지만 장천사가 갑자기 저러는 것도 이해하기 어려웠다. 자신이 가지고 있는 보물을 내놓는 것은 쉬운 일이 아니기 때문이다. 더욱이 상대는 강호의 하늘이라 불리는 세 명의 노괴였다.

"흥정을 하자는 것이냐?"

문홍립이 슬쩍 인상을 쓰며 물었다.

장천사의 품에 있는 파훼법에 대해 흥미가 있었지만 의도를 모르고 받아들일 수는 없었다. 무공과 관련된 자존심이 걸린 문제였기 때문이다.

"제가 이러는 것도 어쩌면 오늘이 마지막일 겁니다. 이렇게 호의적으로 나가는 날이 다시 올지 모르겠군요."

장천사는 받아들이기 싫으면 그만둬도 된다는 뜻이었다. 문홍립이 그걸 이해하지 못할 리 없었다.

"갑자기 그러는 이유가 무엇이냐?"

이번에는 구천혁이 물었다. 장천사의 품에 있는 태청보록은 그가 꿈에서라도 읽고 싶어 했던 무공서였기 때문이다.

"전에도 말을 했지만 이제는 제자를 받아야 할 때라서 그런 겁니다. 제 제자에게 스승의 원한까지 가지고 가게 할 수는 없으니까요. 일단 관계를 모두 정리한 뒤 제자를 받고 한동안 은거를 하다가 조용히 세상을 떠나려고 합니다."

"지나가는 개가 웃을 소리로구나! 하하하하!"

장천사의 물에 운지학이 큰 소리로 웃었다. 운지학은 다시 말했다.

"네놈이 조용히 살다가 그냥 가겠다고? 헛소리 그만하고 우리의 관계나 정리를 하자!"

운지학이 소매를 걷고 나서려는 순간 구천혁이 손을 뻗어 그의 앞을 막았고 문홍립의 검도 그의 옆에 나타났다.

둘 다 장천사의 제안에 흥미가 높았기 때문이다. 운지학 때문에 장천사를 놓칠 수는 없었다.

"해보자는 건가?"

운지학의 표정이 굳어졌다.

"자네는 너무 성급한 게 문제네… 좀 좋아진 것 같더니 여전하군그래."

구천혁이 말했고 문홍립이 거들었다.

"우리의 관계도 정리를 해야지."

운지학은 두 사람의 목소리에 인상을 찌푸렸다. 두 사람이 동시에 자신을 상대하겠다는 뜻과도 같았다.

목적을 이루기 위해 능히 그럴 사람들이란 생각이 들었지만 장천사를 이대로 보낼 수는 없었다. 구천혁과 문홍립이 장천사의 제안을 받아들이면 그는 그냥 갈 것이 분명해 보였다.

"운 선배와는 다음을 기약하면 되지요. 오늘만 날입니까? 내일도 있고 모레도 있고… 인연이 닿으면 볼 수 있을 겁니다."

그의 예상대로 장천사는 두 사람과 해결을 한 뒤 천문산을 내려갈 생각이었다.

"네놈 뜻대로 되지는 않을 것이다!"

슈악!

운지학이 갑자기 허공으로 뛰어오르더니 검은 운무에 휩싸인 채 장천사를 향해 날아들었다.

콰콰쾅!

뇌성벽력장의 거대한 폭음소리가 울렸고 검은 구름이 유성처럼 장천사를 향했다. 그의 공격에 장천사는 재빨리 자세를 낮추고 검을 들었다. 빛이 피어났고 수십 개의 선이 허공을 자르고 있었다.

그 순간 장천사의 눈에 검 하나가 운지학의 등으로 향하는

것이 보였다. 그것은 번개처럼 빨랐지만 소리가 없었다. 문홍
립의 무음검이었다.

"운 선배!"

장천사는 순간적으로 자세를 바꾼 뒤 건곤검법의 사초식
건곤대소(乾坤大小)를 펼쳤다.

피피핑!

수천 개의 선이 마치 모든 공간을 잘라 버리듯 사방으로 움
직였다. 그 선들은 운지학의 뇌성벽력장을 자르며 문홍립의
무음검까지 상대했다.

콰쾅!

"컥!"

뇌성벽력장의 장영이 장천사의 가슴에 닿았고 운지학의
표정이 굳어졌다. 자신의 손이 장천사의 가슴에 닿았기 때문
이다.

콰콰쾅!

폭음성과 함께 장천사의 신형이 땅바닥을 파고 들어가 십
여 장이나 길게 밀려 나갔다. 그 순간 운지학의 눈동자가 굳
어졌다. 공기의 미세한 흔들림 때문이었다.

본능처럼 몸을 움직였다.

퍽!

"큭!"

운지학의 오른 어깨에 문홍립의 검이 박혔다. 그가 펼친 무음검에 어깨가 뚫린 운지학은 바닥에 쓰러진 장천사를 쳐다보다 고개를 돌렸다.

"문가 이 녀석……."

그때 그의 옆으로 다른 검 하나가 떨어져 내렸는데 절반이 부러져 있었다. 그것을 보는 순간 운지학은 더욱더 굳은 표정을 보이며 좀 전에 보았떤 장천사의 검식을 머릿속에 그렸다. 그리고 미세하게 들린 금속음을 떠올리며 오른 어깨에 박힌 검을 뽑아 들었다.

"이게 무슨 짓이지?"

"하하하하!"

문홍립이 순간 크게 웃으며 허공을 솟구쳤고 그의 주변으로 두 개의 검이 맴돌았다.

"네놈이 다 늙어서 내게 도움을 줄 줄은 꿈에도 몰랐구나? 하하하하! 이걸로 장천사를 잡을 수 있게 되었다."

쉬아아악!

그가 장천사를 향해 두 개의 검을 던졌고 운지학이 크게 소리치며 허공으로 뇌성벽력장과 검을 던졌다.

콰쾅!

폭음성과 함께 검과 뇌성벽력장이 섞여 들었다. 그 순간 운지학의 복부로 구천혁의 주먹이 파고들어 왔다. 어느새 소리

없이 다가와 소림의 내가권 중 하나인 나한권의 일권을 찌른 것이다.

퍽!

"키억!"

운지학이 놀라 눈을 부릅뜨며 뒤로 십 장이나 밀려 나갔다. 그 순간 허공에서 떨어진 문홍립이 다시 검을 운지학에게 던지며 외쳤다.

"네놈을 먼저 상대해야겠다!"

쉬쉭!

세 개의 검이 허공에서 원을 그리며 날아들자 운지학은 혼원장을 펼쳤다. 그의 주변으로 백색 회오리가 피어나며 세 개의 검을 허공으로 날려 버렸다.

그 직후 검은 운무에 휩싸이며 장천사를 안아 들더니 재빠르게 허공으로 솟구쳤다. 극성으로 흑운보(黑雲步)를 펼친 것이다. 그러자 검은 구름 덩어리가 산봉우리를 타고 올라갔다.

"놓칠 것 같으냐!"

쉬악!

거대한 빛과 함께 문홍립은 손에 든 검을 던졌다. 거대한 빛의 강기가 운지학을 향했지만 구름을 잡지는 못하고 그 밑을 지나쳤다.

콰콰쾅!

"이놈!"

구천혁이 허공으로 솟구쳐 날아들었고 거대한 용이 한 마리 운지학을 뒤따라갔다. 하지만 운지학의 신형은 어느새 산을 넘었으며 문홍립과 구천혁이 동시에 그 뒤를 따라 넘었다.

콰쾅!

산이 울리는 진동음에 한가로이 강가에 앉아 낚시를 하던 방립인이 고개를 들었다. 그의 입가에 미소가 걸렸고 그는 낚싯대를 들어 올리며 자리에서 일어섰다.

"이쪽으로 온다는 것은 내 낚시에 걸렸다는 것을 의미하는 것일까? 아니면 내가 운이 좋은 것일까? 후후후……."

방립인의 신형이 소리 없이 사라졌다.

콰쾅!

숲이 진동하고 나무들이 쓰러졌으며 거대한 소용돌이가 사방으로 흩어져 나가고 있었다. 검은 구름 덩어리는 그 사이를 헤치고 산등선을 넘었다. 그때 검이 하나 허공에서 떨어졌다. 어느새 다가온 문홍립의 낙성검이었다.

"빌어먹을!"

쉭!

쾅!

운지학이 신형을 우측으로 틀었고 그 자리에 낙성검이 박히며 폭음과 함께 나무들이 쓰러져 나갔다.

운지학은 그래도 신형을 멈추지 않았고 그 뒤로 삼십 장의 거리에 문홍림이 있었다. 그 바로 뒤 구천혁이 함께하고 있었다. 구천혁은 나무를 타고 뛰어올라 궁신탄영을 펼치더니 어느새 운지학를 십 장 거리까지 따라붙었다. 그의 손에서 용이 나타났고 운지학이 우수를 뒤로 뻗었다.

콰르르릉!

뇌성벽력장과 용명수가 허공에서 마주쳤다.

쾅!

폭음성이 터졌고 운지학의 신형이 반탄력으로 더욱 멀어졌다.

"이 돼지새끼는 왜 이렇게 무거운 거야?"

운지학은 투덜거리며 어깨에 걸려 있는 장천사에게 슬쩍 눈을 흘겼다.

"언제까지 이렇게 있어야 합니까?"

장천사의 목소리가 갑자기 들리자 운지학이 놀라 눈을 크게 떴다. 곧 그는 신형을 멈추고 장천사가 땅에 내려섰다. 그 순간 두 개의 검과 용 한 마리가 허공에서 장천사와 운지학을 향했고 장천사는 검을 위로 뻗어 올렸다. 그러자 하늘로 거대한 검이 하나 솟구치더니 그대로 땅을 향해 떨어져 내렸다.

"천지개벽!"

문홍립이 눈을 부릅뜬 채 외쳤고 구천혁은 이미 수십 장이나 물러서고 있었다.

콰콰쾅!

엄청난 폭음성과 함께 거대한 계곡이 하나 생긴 것처럼 산이 깎여 나갔고 땅이 파였으며 나무들이 쓰러져 있었다. 족히 오십 장은 넘는 그 주변은 완전히 초토화되어 있었다.

"쿨럭!"

기침과 함께 살짝 비틀거린 장천사는 피를 한 사발 토하더니 투덜거리며 운지학을 노려봤다.

"이 노인네 때문에 내가 이 고생을 해야 하다니… 너무한 거 아닙니까? 더럽게 아프네요."

뇌성벽력장을 맞았던 가슴을 쓰다듬으며 장천사가 인상을 찌푸리자 운지학은 자리에 앉아 땀을 소매로 훔쳤다.

"나 아니었다면 네놈은 죽었다."

"그럼 그냥 두지 왜 저를 보호했습니까?"

"네놈이 나를 도왔으니 도운 것뿐이다."

간단하게 대답하는 운지학이었다. 그는 거친 호흡을 가다듬으며 어깨를 지혈했고 그사이 문홍립과 구천혁이 다시 나타났다.

두 사람은 봉두난발에 여기저기 찢겨 나간 옷자락을 휘날리며 장천사를 쳐다보았다.

"아니, 두 분은 언제 손을 잡은 것입니까?"

"네가 알 바 아니다."

문홍립이 검을 들어 올리며 슬쩍 구천혁에게 눈짓을 전했다. 구천혁은 미미하게 고개를 끄덕였고 다리를 살짝 벌리며 주먹을 쥐었다.

'예상치 못한 일이군.'

장천사는 구천혁과 문홍립이 손을 잡고 합심한 것에 놀라면서도 운지학과도 구천혁이 손을 잡았던 일을 떠올렸다. 하지만 그건 단순히 운지학을 기만하기 위한 구천혁의 속임수라는 생각이 들었다.

그의 생각처럼 구천혁은 이미 문홍립과 어느 정도 협의를 본 상태였다.

장천사가 달포 전 천문성에 다녀간 직후에 두 사람은 꽤 긴 대화를 나누었다.

"혼자서 장천사를 상대할 수 없으니 같이 하는 게 어떻겠나?"

구천혁의 제안이었고 문홍립은 흔쾌히 그 제안을 수락했다. 그리고 이왕이면 운지학도 처리하겠다는 문홍립에 구천혁은 그 부분은 빠질 거라 했다. 오직 장천사를 상대하는 데만 거들겠다는 그의 뜻을 문홍립도 받아주었다.

그 직후 구천혁은 운가에서 운지학을 만나 협의를 했지만 이미 그 전에 문홍립과 다르게 얘기가 된 상태였다.

구천혁은 세 사람 모두와 손을 잡은 상태였으며 상황에 따라 다르게 움직일 생각도 가지고 있었다.

태청보록만 얻는다면 어차피 장천사와의 과거는 청산할 생각이었으며 곧 자신의 손에 태청보록이 들어올 것만 같았다. 그런데 운지학이 방해를 한 것이다.

문홍립은 운지학을 죽이고 싶었기 때문에 여지없이 검을 펼쳤다. 기회를 놓치면 안 되기 때문이다.

"꽤 내상이 큰 것 같은데 우리를 상대할 수 있겠나?"

"제 걱정도 다 하시고 여유가 있으신 모양입니다."

장천사가 슬쩍 미소를 보였고 그의 기도가 강하게 사방으로 뻗어 나갔다. 뇌성벽력장에 내상을 입고 잠시 혼절한 것은 사실이지만 아직 쓰러진 것은 아니었다.

더욱이 호신강기가 반으로 준 상태에서 맞은 뇌성벽력장이었기에 서 있는 것도 신기할 정도였다.

"다시 하지요."

파파팟!

장천사가 검을 펼치자 수십 개의 선이 허공을 자르고 날아들었다. 그런데 전에는 백색의 선이었다면 지금은 푸른빛을 띠고 있었다. 그 차이는 명확했다. 문홍립이 검을 날렸지만 그의 검은 두부처럼 잘려 나갔다.

"팔팔하구나!"

문홍립과 구천혁은 위험함을 느끼고 재빨리 호신강기를 극대화시키며 강기를 뿌렸다.

콰콰쾅!

폭음성이 울렸고 푸른빛이 사라지자 장천사가 살짝 비틀거렸다. 내력이 모자라기 시작한 것이다. 그것을 놓칠 리 없는 두 사람이었다.

하나 두 사람도 정상적인 몸 상태가 아니었다. 장천사와 긴 시간 동안 싸워왔기 때문이다. 그들이라고 해서 끝이 없는 것은 아니었다.

봉두난발에 여기저기 옷자락이 찢겨 나간 문홍립과 구천혁은 심각하게 굳은 표정으로 거친 호흡을 가다듬고 있었다. 이렇게까지 싸워본 것은 근 십 년 동안 처음 있는 일이었다.

"허리가 아프군."

문홍립이 중얼거리며 인상을 찌푸렸다. 꽤 긴 시간 싸웠기 때문에 체력적으로 지칠 때가 온 것이다. 구천혁 역시도 목을 몇 번 흔들며 어깨를 풀었다. 그 역시도 문홍립과 마찬가지로 상당히 지쳐 있었기 때문이다.

사실 이 정도 싸웠으면 결판이 나든 안 나든 지칠 법했으니 휴식을 취하는 것은 어쩌면 당연한 일이었다. 하지만 그들은 그럴 생각이 없는 듯 보였다.

"여긴 어디지?"

천문산에서 꽤나 멀리 달려왔기 때문에 어느 정도의 거리 감각도 없어진 상태였기에 구천혁이 물었다.

"문홍산 인근입니다."

대답은 장천사가 했고 그는 헝클어진 머리카락을 쓸어 넘기며 미소를 보였다.

"꽤나 멀어졌군."

문홍립은 자신의 본거지인 천문성을 떠올리며 말했다. 곧 그가 내력을 모으자 강한 기운이 뻗어 나오기 시작했다.

구천혁이 넝마처럼 변한 상의를 벗어 던지자 탄탄한 근육질의 몸매가 드러났다.

시작은 장천사가 먼저였다.

검을 머리 위로 올린 장천사의 주변으로 강한 회오리와 함께 검 주변으로 엄청난 회풍이 불기 시작했다. 주변 공기가 마치 검 주변으로 빨려 들어가는 듯한 모습에 구천혁과 문홍립의 안색이 굳어졌다.

웅!

거대한 울림과 함께 장천사의 손에 들린 검이 거대한 크기를 자랑하듯 커졌다. 유형의 기운이 거대한 검을 만들었다. 검은 거기서 그치지 않고 다시 한 번 웅! 하는 소리와 함께 더욱 커졌다. 높이는 삼 장이 넘는 듯 보였으며 넓이도 반 장은 되어 보이는 유형의 검이 나타나자 문홍립과 구천혁은 마른침을 삼켜야 했다.

"제대로 한번 펼쳐봐야지요."

장천사는 천지개벽을 다시 한 번 펼칠 생각이었고 문홍립의 주변으로 투명한 구체가 피어나고 있었다. 구천혁의 전신을 어느새 두 마리의 용이 휘감으며 감싸고 돌았다.

쉬아아악!

하늘에서 검이 구천혁과 문홍립을 향해 떨어져 내리기 시작했다.

우르릉! 콰콰콰쾅!

떨어지는 검의 주변으로 강한 파동이 일어났으며 엄청난 바람이 마치 폭풍처럼 사방을 강타하기 시작했다. 문홍립과 구천혁의 신형이 소리 없이 사라졌다.

콰콰쾅!

강력한 폭음성이 터졌고 주변 이십 장이 초토화되는 중에 허공에서 용이 떨어져 내렸다. 구천혁이었다.

장천사는 이미 예상을 한 듯 검을 들어 올리며 수백 개의 잔상과 함께 검기를 화살처럼 뿌렸다.

파파파팟!

검기 다발과 용이 부딪쳤고 장천사의 신형이 어느새 구천혁의 근처로 다가가 그를 베고 있었다. 구천혁은 신형을 돌려 피한 뒤 천근추로 땅에 떨어졌으며 문홍립의 검이 기다렸다는 듯이 날아들고 있었다.

하지만 문홍립의 목적은 장천사가 아니라 운지학이었다.

쉬악!

문홍립의 검이 운지학을 향하고 있었으며 운지학은 재빨리 검을 피한 뒤 문홍립을 향해 좌수를 펼쳤다.

콰쾅!

뇌성벽력장이 번개처럼 빛을 뿌리며 허공을 날았으며 문홍립은 검을 들어 막은 뒤 뒤로 밀려 나갔다. 그사이 장천사가 나타났고 구천혁이 허공을 돌아 문홍립의 옆에 내려섰다.

운지학은 문홍립에게 당한 검상 때문에 상당히 지친 얼굴로 땀을 흘리고 있었다. 이대로 이 상태가 계속 이어진다면 불리한 것은 자신이었지 장천사가 아니었다. 장천사야 언제든지 자기를 두고 떠나면 그만이기 때문이다.

운지학은 지금의 상황이 구천혁의 농간으로 일어난 것이라 생각했다. 그렇기 때문에 장천사에 대한 원망보다 구천혁에 대한 분노가 더 크게 자리를 잡고 있었다.

"벗어나야겠군?"

낮은 목소리로 중얼거리는 운지학이었고 장천사가 미소를 보였다.

"우리의 만남은 후일을 기약해야겠다."

운지학은 다시 말했다. 그 말에 문홍립과 구천혁은 동시에 미간을 좁혔다. 운지학이 대놓고 도망치겠다고 한 말이기 때문이다.

"그게 어디 가능할 것 같으냐?"

문홍립의 말이었고 구천혁은 입을 열지 않았다. 운지학은 문홍립이 단단히 마음먹고 자신을 죽이려 한 것을 알았으니 결단을 내려야 했다.

"나는 빠질 것이다."

운지학의 말에 장천사는 고개를 끄덕였다.

"시간을 버는 일이야 어렵지 않지요. 저와의 만남은 그럼 후일을 기약하시는 것입니까?"

"그렇게 하지."

"한 가지만 약속하시면 돕지요."

"무엇이냐?"

"저와의 모든 문제는 저로 끝내시고 제 후대까지 가지고 가지 마시기 바랍니다."

"약속하지."

운지학의 대답에 장천사는 슬쩍 미소를 보였다. 말로 하는 약속이지만 운지학은 그것을 지킬 것이었다.

"그럼 갑니다."

쉬아악!

강한 바람과 함께 유형으로 이루어진 십여 개의 검날이 구천혁과 문홍립을 향해 날아들었다. 번개 같은 한 수에 문홍립이 검을 들어 막았으며 구천혁은 몸을 움직여 피했다.

"무슨 수작을 부리려는 것이냐?"

문홍립이 검을 들어 막으며 전진했다. 장천사의 표정이 전과 달리 싸늘하게 굳어 있었으며 검을 가슴 앞에 띄웠다. 그러자 검이 머리 위로 스스로 올라가더니 순식간에 분신술처럼 늘어나기 시작했다.

그 수는 헤아릴 수 없을 만큼 늘어나기 시작했으며 장천사가 서 있는 자리를 제외하고 삼 장 높이까지 수백 개의 검이 생겨났다. 좌우로 오 장 정도까지 검들이 늘어서 있었으며 그 넓은 공간을 가득 채운 검들의 모습에 문홍립과 구천혁은 어금니를 깨물었다.

지금까지 본 적 없는 장천사의 무공이었기 때문이다.

건곤검법 육식 천지무용(天地武勇).

장천사가 양손으로 원을 그리며 앞으로 뻗자 천여 개가 넘는 검들이 일제히 두 개의 원을 그리며 구천혁과 문홍립을 향해 쏟아져 나갔다.

파파파팟!

문홍립이 놀라 검을 들어 막았고 구천혁이 용명수를 극성으로 펼쳤다.

콰쾅!

폭음성이 터지면서 두 사람의 신형이 정신없이 뒤로 밀려나가기 시작했고 떨어져 나간 검들은 다시 원을 그리며 쉴 새 없이 그 둘을 공격하고 있었다.

"운 선배, 지금입니다."

장천사가 그리 말할 때 운지학의 눈에 장천사의 등이 보였다. 그건 그 어느 때보다 거부할 수 없는 달콤한 유혹과 같았다.

운지학의 좌수가 꿈틀거리며 움직였다.

쾅!

폭음성이 터졌고 등을 강타당한 장천사의 눈이 부릅떠졌으며 그의 앞으로 허공중에 떠다니던 검들이 우수수 소낙비처럼 땅으로 떨어져 내렸다.

땅!

천지검이 힘을 잃고 바닥에 떨어졌다.

공세를 막고 있던 구천혁과 문홍립의 전신은 피에 젖어 있었다. 그들은 굳은 눈으로 비틀거리는 장천사를 바라봤다.

"큭!"

장천사는 비틀거리며 땅에 떨어진 검을 쥐었다.

"여기서 끝내지 않으면 다음은 없을 것 같더구나… 기회가 왔다면 놓칠 수야 없지."

운지학이 지친 목소리로 말했고 장천사가 어이없다는 듯 신형을 돌렸다.

"이유는 그것뿐입니까?"

장천사의 말에 운지학은 뇌성벽력장의 기운이 담긴 우수를 들어 올리며 다시 말했다.

"네놈의 오만함이 부른 결과일 뿐이다."

장천사의 표정이 굳어졌다. 처음으로 그의 얼굴에 살기가 맴돌기 시작했다.

"사파에서만 수십 년을 산 놈이다. 그런 놈에게 협이 어디에 있겠느냐? 그런 놈을 믿고 뒤를 맡긴 네놈의 오만방자함을 탓하거라! 하하하하!"

큰 목소리와 함께 문홍립의 신형이 허공으로 솟구치며 낙성검을 펼쳤다.

쉬아아악!

번쩍이는 검광과 함께 떨어지는 문홍립에 장천사는 어금

니를 깨물더니 강한 회풍과 함께 솟구쳤다.

"오늘 일은 기억할 것이오!"

파파파팟!

회전하는 검강의 폭풍우 속에 낙성검이 떨어졌고 운지학의 뇌성벽력장이 허공으로 솟구쳤다.

콰르르릉!

그 사이로 용명수를 펼친 구천혁의 신형이 바람처럼 운지학을 향하고 있었다.

"망할 새끼들!"

운지학이 날아드는 용명수의 강대함에 욕을 하며 뛰어올랐다. 그의 신형이 검은 운무에 휩싸이자 놓치지 않고 문홍립이 검을 던졌다.

쉬아아악!

검강의 빛과 함께 날아드는 문홍립의 검을 쌍장으로 쳐낸 운지학이 장천사를 쫓았다.

장천사는 산등선에 내려서자 궁신탄영의 수법으로 튕겨 나가듯 허공으로 솟구쳐 앞으로 나갔고 운지학이 그 뒤를 따르려 했다.

"멈춰라! 놓치지 않는다!"

운지학의 외침과 함께 문홍립의 검이 그의 등을 향했다.

"네놈은 목을 놓고 가거라!"

문홍립의 외침과 함께 운지학은 인상을 찌푸리며 앞으로 내달렸다. 이대로 장천사를 보내는 것은 세상에서 가장 위험한 자를 놓치는 것과 같았다. 이번에 그를 죽이지 못하면 제대로 잠을 이루지 못할 것 같았다.

하나 뒤에 오는 문홍립도 문제였고 소리 없이 쫓아오는 구천혁 역시 쉬운 상대가 아니었다.

쉬아악!

검광이 번뜩이고 벼락처럼 검이 허공에서 운지학을 향해 날아들었다. 운지학은 신형을 움직여 피했지만 주춤거릴 수밖에 없었고 그사이 문홍립이 그의 머리를 넘어 앞에 내려왔다. 그 뒤로 구천혁이 소리 없이 지나치고 있었다.

"나 먼저 가지."

구천혁은 장천사가 목표였기 때문에 그를 쫓기 위해 움직였다. 뇌성벽력장을 두 번이나 맞은 장천사는 분명 멀리 가지 못할 거라 봤기 때문이다.

휘리리릭!

구천혁의 신형이 어느새 저 멀리 산을 넘고 있었다.

문홍립과 마주 선 운지학의 양손에 검은 기운이 맴돌고 있었다. 문홍립의 양손에는 검이 들려 있었다. 쌍검을 늘어뜨린 그는 상당히 거친 기운을 내뿜고 있었다.

"자… 드디어 네놈과 이렇게 둘이 남게 되었구나."

문홍립의 말에 운지학은 굳은 표정을 보였다. 지금의 상태는 자신이 불리하기 때문이다. 하나 기세에 밀리는 일은 없었다.

운지학의 전신으로 검은 운무가 뻗어 나오기 시작했다.

"죽고 싶은 모양이군?"

운지학의 말에 문홍립은 피식거리며 검을 들었다.

"그건 싸워봐야 알 일이 아닌가? 수현을 생각한다면 내 손에 곱게 죽거라."

"곱게 죽어? 수현 때문이라면 더더욱 편히 죽어야지. 그것보다 운가의 핏값을 갚아야겠다."

운지학의 쌍장에 빠지직거리며 검은 번갯불이 피어나고 있었다. 이제는 단 한 수라도 전력을 다해야 했기 때문이다. 그 강한 기운에 문홍립도 검기를 늘어뜨렸다. 그때 문홍립의 뒤로 적색 인영이 나타났다.

"이럴 때 참견하려고 조용히 따라왔었네."

붉은 인영은 홍의를 펄럭이며 문홍립의 옆에 나란히 섰다.

"홍혁성……."

운지학의 표정이 굳어졌다.

*   *   *

휘리리릭!

허공을 날아가는 장천사는 비틀거리다 땅으로 내려왔다. 산들 사이에 존재하는 작은 분지였고 풀밭에 내려선 그는 그늘에 앉아 잠시 휴식을 취했다.

"우엑!"

피를 한 사발 토한 그는 소매로 입술을 훔친 뒤 검을 어깨에 걸쳤다. 그리곤 태청보록을 꺼내 손에 쥐고는 고개를 들어 천천히 가까워지는 구천혁을 바라보고 있었다.

구천혁은 허공에서 떨어져 평지에 내려서자 미소를 보였다. 아까와 달리 안색도 좋았으며 꽤나 평온한 눈빛을 유지하고 있었다.

"아까보다 젊어진 것 같습니다."

"관리를 잘한 것이겠지."

구천혁은 상당한 기도를 내뿜었고 시선은 태청보록으로 향했다.

"이제는 순순히 줄 텐가 아니면 내가 힘으로 뺏어야 하나?"

구천혁은 장천사의 상태가 좋지 않다는 것을 한눈에 알 수 있었다. 지금이라면 그를 이길 수 있을 거라 확신했지만 그래도 사제의 정이 있기 때문에 마지막 수는 쓸 생각이 없었다.

"힘으로 뺏으려는 겁니까?"

"상황을 봐서 그렇게라도 해야 한다면 해야지."

"다 늙어서 이런 서책에 관심을 가지는 이유가 무엇입니까?"

"네놈이 간 곳에 나도 가야 하지 않겠나? 그곳의 세상을 구경하고 싶은 것뿐이네."

구천혁의 말에 장천사는 미미하게 고개를 끄덕이며 태청보록을 허공으로 던졌다.

"가져가십시오."

휙!

태청보록이 허공을 날아 구천혁을 향했고 구천혁은 미소와 함께 손을 뻗었다. 그가 허공기를 일으키자 순식간에 책이 구천혁에게 빨려들어 가는 것 같았다. 그 순간 번개처럼 갈색 그림자가 지나쳤다.

파파팟!

"······!"

구천혁의 눈이 커졌고 장천사도 굳은 표정을 보였다. 지금까지 이 근방에 사람이 있다는 것을 알지 못했기 때문이다.

"호오… 이게 그 유명한 태청보록이었군."

신형을 돌리는 갈포인은 미소를 보이며 책을 들었다. 구천혁의 안색이 굳어졌다. 익히 아는 얼굴이었기 때문이다.

"조자경."

"이런… 달갑지 못한 친구로군."

구천혁은 쌍심지를 불태웠고 장천사는 최악의 상황에서 최악의 친구를 만났다는 생각으로 중얼거렸다. 나타난 사람은 독선문의 문주이자 강호에서 가장 상대하기 어렵다고 정평이 나 있는 독왕(毒王) 조자경이었다.

독왕 조자경은 다른 왕들이라 불리는 자들과는 차원이 다른 인물이었다. 왕이라 불리기는 하지만 독선문이라는 거대 문파의 수장이었으며 무공 실력 또한 왕들 중에 최고라 불리는 자였다.

무엇보다 독공의 달인이자 독을 몰고 다니기 때문에 더더욱 까다로웠다.

조자경은 미소를 보이며 구천혁에게 포권했다.

"오랜만입니다, 구 선배."

"내놓거라."

구천혁이 손을 내밀었고 조자경은 서책을 한번 보더니 슬쩍 품에 넣었다.

"쉽게 줄 수는 없지요."

"네놈과 장난할 시간이 없다."

"시간이 없다는 것은 그만큼 힘들다는 뜻일 것이고……."

쉬아아악!

조자경의 발밑에서 갈색 운무가 일 장 앞까지 뻗어 나갔고 그 주변의 풀들이 말라 비틀어졌다. 순식간에 풀들을 말라 죽이는 독무를 뿌리는 그는 눈빛 또한 짙은 갈색으로 변했다.

발밑에서 시작된 갈색 운무가 희미한 빛깔로 그의 전신을 뒤덮었으며 얼굴만이 슬쩍 운무 사이로 모습을 보일 때 그는 싸늘한 살기를 보였다.

"지금 상황은 제가 유리한 것 같군요."

독인(毒人)이 되어버린 조자경은 세상에서 가장 상대하기 까다로운 인물이었다.

문득 조용한 장천사를 보던 조자경은 인상을 찌푸렸다. 장천사가 어느새 앉아서 눈을 감고 호흡을 고른 채 운기를 하고 있었기 때문이다.

"흥! 수작 부리지 마라."

파팟!

조자경의 신형이 어느새 장천사의 앞에 나타나 그를 쳐냈다. 장천사가 인상을 쓰며 검풍과 함께 뒤로 물러섰다.

"오랜만에 만난 것치곤 인사가 거칠군."

쾅!

조자경의 우수가 커다란 나무를 때렸고 곧 갈색 안개에 휩싸인 나무는 큰 진동과 함께 넝마처럼 쓰러졌다.

우르릉! 쾅!

나무가 썩어 들어갔고 그 주변에 있던 풀들이 말라 죽었다.

조자경의 오십 장이나 떨어진 곳에 장천사가 나타났으며 구천혁의 손에서 용이 솟구쳤다. 조자경이 우장을 내밀었다.

쾅!

용이 흩어지고 갈색 운무가 구천혁을 향했으며 구천혁은 인상을 찌푸리고 쌍권을 내밀어 권풍을 만들었다.

콰콰쾅!

회오리치는 권풍에 갈색 독무가 흩어졌지만 그 사이로 조자경이 뛰어들어 구천혁을 향해 우장을 내밀었다. 그러자 세 개의 커다란 고리가 만들어지며 금세 구천혁을 덮쳤다.

"흡!"

호흡을 멈춘 구천혁은 용음장(龍陰掌)을 펼쳐 막으며 삼십 장이나 물러섰다.

"흠……"

구천혁은 인상을 찌푸린 채 조자경을 바라보았다. 상대가 장천사에서 조자경으로 바뀐 것이다. 조자경은 책을 다시 꺼내 보더니 입을 열었다.

"구 선배의 목적은 이것이군요."

"그렇다."

"이걸 준다면 물러가실 겁니까?"

"물론이지."

조자경은 흥미롭다는 표정을 보였다. 그사이 장천사가 재빠르게 물러서는 게 그의 눈에 들어왔다.

"장천사 이놈! 멈춰라!"

휙!

조자경이 책을 뒤로 던지며 구천혁의 시선을 돌리며 그사이 장천사를 향해 움직이려고 했다. 그에 구천혁의 시선은 무공서로 향하자 조자경이 그 찰나의 순간 흔들리듯 움직이며 구천혁의 옆구리로 독장을 뿌렸다.

"이놈!"

구천혁이 놀라 태청보록을 쥐려고 가다 급하게 손을 돌려 막았다.

쾅!

"큭!"

폭음성과 함께 조자경이 밀려 나갔고 구천혁도 비틀거리며 물러섰지만 갈색 독무가 그를 한 번 휩쓸고 지나간 후였다.

"이 새끼… 쿨럭!"

구천혁은 한 호흡 독무를 빨아들인 것을 떠올리며 인상을 굳혔고 어금니를 깨물었다.

"이런… 구 선배께서 피도 다 토하시고 내상이 깊은 모양이지요? 후후후… 그럼 건강 유의하시고 다음에 보도록 합시다."

휘릭!

조자경이 매우 빠르게 장천사를 쫓으며 사라졌다.

"쿨럭! 쿨럭!"

조자경이 떠나자 구천혁은 기침과 함께 피를 토하더니 태청보록을 손에 쥐고 사라졌다. 조금이라도 빨리 안전한 곳을 찾아 운기조식을 통해 체내에 침투한 독을 제거하기 위함이다.

조자경은 비급에 신경을 집중하고 있는 구천혁의 모습을 한 번에 간파했기 때문에 짧은 시간 기습을 생각했다. 여기서 그의 발목을 잡아놔야 장천사를 쫓을 때 뒤가 편하기 때문이다. 구천혁이 무사히 비급을 얻는다면 분명 자신을 공격할 것이다.

그렇기 때문에 수를 쓴 것이고 구천혁은 태청보록에 집중하고 있었기에 아주 미세한 틈을 보였고 그 틈으로 조자경이 파고들어 온 것이다.

"죽여주마……."

구천혁은 조자경을 찢어버리겠다고 마음먹으며 계곡 쪽으로 향했다.

*　　　*　　　*

휘리릭!

장천사의 신형이 절벽을 뛰어 넘은 뒤 넓은 강물을 밟으며 건너편으로 건너갔다.

참방거리는 그의 물을 밟는 소리가 크게 울렸고 순식간에 십 장 정도 넓이의 강물을 지나쳤다.

"장 형! 오랜만에 만났는데 술이나 한잔합시다."

파핫!

산등선을 뛰어 넘고 강물을 단숨에 넘어오는 조자경의 큰 목소리에 장천사는 인상을 찌푸리며 걸음을 멈췄다. 이 정도 거리까지 쫓았다는 것은 도망치는 것도 의미가 없기 때문이다.

"조 형과 술을 마실 용기 있는 사람이 있나? 내게 독주(毒酒)를 마시라는 것은 아니겠지?"

"후후… 설마 내가 그럴까……."

조자경은 어느새 장천사의 십 장 거리에 서서 말했다. 넓은 대로가 보였고 장천사가 그곳으로 천천히 걷자 조자경도 따라 이동했다.

"우리가 이렇게 만난 것도 근 십 년 만이로군. 그동안 잘 지냈나?"

조자경이 미소를 안부를 물었고 장천사는 짧은 숨을 내쉬며 대로에 서서 검을 뽑아 들었다.

스릉!

검을 뽑는 것이 그의 인사였다.

"잘 지냈지… 그런데 지금은 좀 몸이 좋지 않아."

장천사의 말에 조자경은 껄껄 웃었다.

"그걸 아니까 이렇게 자네 앞에서 여유를 부리는 게 아닌 가?"

조자경의 말이 끝나자 산들바람이 불어왔고 그의 손가락이 가볍게 움직이는 것 같았다. 장천사는 호흡을 멈추었고 원형의 검풍을 만들어 불어오는 바람의 방향을 바꿨다.

"너무 긴장한 것 아닌가?"

"작은 거라도 대비는 해야지."

장천사의 대답에 조자경은 오른손을 살짝 들었다. 그의 오른손에서 갈색 운무가 구체가 되어 맴돌기 시작했다.

"자네에게 패한 뒤 스승님도 돌아가시고 나도 한동안 고생을 좀 했었네."

"몸은 다 나았나?"

조자경은 장천사의 물음에 살기를 보였다. 오래전 그의 검에 깊은 상처를 입었기 때문이다. 지금도 등과 팔에는 그가 남긴 상처의 흔적이 고스란히 남아 있었다.

"말끔히 다 나았으니 이렇게 나온 게 아니겠나? 거기다 자네를 죽일 수 있는 기회도 찾아오고 말이야."

쉭!

우장을 앞으로 뻗었고 작은 구체가 회오리치며 장천사를
향했다. 장천사는 구체를 피해 뒤로 물러섰고 조가경은 계속
해서 앞으로 다가갔다. 구체는 계속 장천사를 쫓았으며 더욱
빠르게 다가왔다.

장천사는 구체를 쳐내거나 막을 생각이 없었다. 그렇게 되
면 십여 장이 넘는 공간이 구체에 담긴 독에 휩싸일 게 뻔하
기 때문이다. 자신 역시도 그 속에서 벗어나려면 호흡을 멈춰
야 했는데 호흡만 멈춘다고 되는 게 아니었다.

그것이 피부에 닿는 것도 사실 현 상황에선 피해야 했다.
그만큼 그의 호신강기가 약화되어 있었고 조자경의 독공은
스치기만 해도 독에 중독되어 죽기 때문이다.

"이렇게 멀리까지 나온 것을 보아하니 쉽게 돌아갈 생각은
없겠지?"

"우리의 일이 잘 마무리되면 돌아가도록 하지."

"그 잘 마무리는 무엇인가?"

쉭쉭!

검풍이 휘몰아쳤고 조자경은 가볍게 일장을 내밀어 옆으
로 쳐냈다.

휘익!

바람의 방향이 바뀌었고 날카로운 검풍이 순식간에 사라

졌다.

"이 근처에 장 형의 무덤을 만들어볼 생각이네."

"하하하! 그것참 재미있군그래."

웃음과 함께 장천사의 신형이 뒤로 뛰어올랐으며 수십 개의 검기를 뿌렸다. 날카로운 검기의 모습에 조자경은 더욱 높이 뛰어올라 피했다.

"아직 남아 있는 힘이 있었나?"

질문과 함께 일장을 내밀었고 십여 개의 작은 엄지손가락 크기의 갈색 구체들이 허공을 날았다.

슈악!

장천사는 검을 들어 검막을 펼쳤다. 백색 검기의 그물에 구슬이 박히는 순간 구슬이 터져 나가며 운무가 일었다.

따다당! 파팟!

장천사가 호흡을 멈추고 뒤로 물러섰으며 조자경이 빠르게 다가가고 있었다.

"뒤로 물러나기만 할 건가? 뭔가 해야지? 나를 공격해야 할 것 아닌가!"

조자경이 크게 외치며 좌장을 뻗었고 십여 개의 독환이 회전하며 날아갔다. 장천사의 표정이 굳어졌다.

날아드는 독환의 범위가 삼 장이나 되었기 때문이다. 그 순간 좌측 하늘에서 푸른 검이 떨어져 내렸다.

"조 형을 이런 곳에서 볼 줄은 몰랐소."

큰 목소리가 울림과 동시에 조자경은 놀라 손을 거두며 허리에 찬 연검을 빼 들어 검을 쳐냈다.

쾅!

폭음성이 터졌고 조자경의 신형이 강물까지 밀려 나갔다. 무릎까지 물이 차오르는 곳에 서 있는 조자경은 인상을 찌푸리며 나타난 세 명을 쳐다보았다.

그들은 청풍과 연홍, 화산의 정심이었다.

"괜찮으세요?"

연홍이 장천사의 옆에서 팔을 뻗으며 물었다. 장천사가 고개를 끄덕였고 연홍은 그의 어깨를 살짝 잡았다. 죽이고 싶도록 미운 사람이기도 했지만 지금처럼 이렇게 힘이 없는 모습을 보니 복잡한 마음이 드는 것도 사실이고 걱정도 되었다.

감정이란 게 쉽게 변하는 것도 아니었고 오랜 시간이 흘렀어도 그와의 일은 나쁜 것보다 좋은 게 많았기 때문이다.

"지금이라면 나를 쉽게 죽일 수 있을 거다."

"그런 개소리할 정신이 있는 것을 보니 아직은 멀쩡하군요?"

연홍의 말에 장천사는 피식거렸다. 연홍이 다시 말했다.

"이런 모습을 보자고 나온 게 아니에요."

"그럼?"

연홍은 잠시 생각하는 듯 입을 다물었다.

청풍은 검을 든 채 조자경과 대치하고 있었다. 정심이 옆으로 일 장 정도 떨어져 있었고 그 역시도 검을 들고 있었는데 상당히 굳은 표정이었다.

상대가 그냥 일반적인 무인이 아니라 조자경이기 때문이다.

청풍이 입을 열었다.

"뜨거운 남쪽이 아니라 이곳 복건성에서 자네를 볼 줄은 꿈에도 몰랐군."

"무당산에 처박혀 도술이나 연마하고 있는 줄 알았는데 이런 곳에서 만날 줄이야… 세상이 좁긴 좁아."

"세상이 좁은 게 아니라 자네가 꽃을 찾아 나선 것이겠지. 참, 별일이 다 있어. 안 그런가?"

청풍이 평소와 다르게 살기를 보였다. 그의 검이 강한 유형의 기운을 내뿜었고 조자경은 왼손을 앞으로 뻗어 독환을 만들기 시작했다. 그의 손목에서 두꺼운 갈색 운무가 고리처럼 만들어져 회전했다. 그 주변으로 독무가 흘렀으며 강한 내력 때문에 바람이 발생했다.

정심이 검으로 크게 원을 그리며 검풍을 만들어 독무가 날아오는 것을 막았다. 조자경의 시선이 슬쩍 정심에게 향했다.

'둘이라면 어찌하겠지만…….'

조자경은 뒤에 있는 연홍에게 시선을 던졌다.

'셋은……'

조자경은 이들 세 사람의 무공 실력이 출중하기 때문에 자신에게 불리하게 돌아가고 있다는 것을 알았다.

"그런데 어쩌다가 자네들이 함께 다니게 되었지?"

"상대가 상대니만큼 힘을 합쳐야지, 안 그런가? 강호사세를 만나게 될지도 모르는데 혼자 다닐 수는 없지 않겠나? 거기다 자네 같은 거물도 만나고 말이야."

쉬쉭!

가볍게 허공에다가 몇 번 검을 그어버리는 청풍이었다. 보기에는 가벼워 보이는 몸짓이었지만 투명한 유리 같은 검기가 선명하게 조자경을 향했다.

파파팟!

독환이 앞으로 뻗었고 검기를 막았다. 그 직후 더욱 강한 기세로 독환이 날아가자 청풍은 검을 앞으로 찌르며 검강을 일으켰다. 강한 빛이 화살처럼 날아갔고 쾅! 하는 폭음과 함께 갈색 운무가 사방으로 흩어졌다. 그때 정심의 검이 강한 검기풍을 동시에 만들어 다가오는 독무를 갈랐다.

그 직후 조자경의 머리 위로 연홍의 신형이 나타나며 수십 개의 검기가 폭포수처럼 떨어져 내렸다. 순식간에 합격술을 펼친 그 둘은 마치 예전부터 손발을 맞춘 사이처럼 적절한 공수를 펼치고 있었다.

조자경은 쌍장을 휘두르며 독수와 함께 뒤로 물러섰다. 그러자 정심의 신형이 일 장 앞까지 다가와 검기를 뿌렸고 청풍이 연홍을 대신해 떠올랐다.

"합!"

기합성과 함께 청풍이 검이 화살처럼 강한 빛과 함께 찔러왔고 조자경은 뒤로 뛰어오르며 십 장이나 물렀다.

쾅!

폭음성이 울리고 검이 땅에 박혔다. 그 자리에 나타난 청풍은 어느새 미끄러지듯 앞으로 나가는 정심과 연홍을 볼 수 있었다.

쉬쉬쉭!

연홍의 검이 좌측에서 검기를 뿌렸고 정심의 검이 우측에서 나타나 조자경의 전신을 휘저었다.

조자경은 양손을 좌우로 뻗으며 독장을 뿌렸다.

파팟!

거대한 크기의 손 그림자와 함께 갈색 운무가 사방으로 휘몰아치자 연홍과 정심은 뒤로 물러섰고 청풍의 검이 검풍을 만들어 조자경을 공격했다. 검풍으로 인해 독무가 흩어졌고 그의 뒤로 정심과 연홍이 나타났다.

쉬아아악!

강한 검기의 날카로운 바람 소리에 조자경은 좌수를 뻗었다.

퍽!

검풍이 그의 좌수에 막혀 흩어졌고 조자경은 인상을 찌푸렸다.

한 명도 아니고 강호의 초절정을 달리는 고수를 세 명이나 한꺼번에 상대하는 것은 쉬운 게 아니었다. 거기다 눈앞에 서 있는 세 사람은 그냥 초절정이 아니라 각 문파의 대표적인 무인으로 불리는 자들이었다.

모두 강호의 십대고수에 올라간다 하더라도 이상하지 않을 자들이었다.

지금 이곳 복건성은 이러한 고수들이 천지검과 장천사를 노리고 어딘가에 더 있을 것이 분명했다. 전대의 고수나 마교의 후예들도 있을 것만 같았다. 장천사가 마교의 후예들과 일전을 벌인 일은 상당히 유명했으나 그들이 모두 죽었다고 생각하는 사람은 없었다.

"독선문의 문주나 되는 사람이 부상당한 사람을 핍박해서야 쓰겠나. 쯧! 쯧!"

혀를 차는 청풍의 말에 조자경은 슬쩍 미소를 던졌다.

"사람도 사람 나름이지, 어디 장 형이 그냥 사람인가? 몹쓸 사람이지."

조자경은 내력을 끌어모았고 청풍과 정심은 단단히 대비했다. 부상당한 장천사를 일단 조자경의 손에서 보호하는 게 우선이었기 때문이다.

"설마하니 우리가 장 선배를 보호하게 될 날이 올 줄은 몰랐습니다."

"그러게 말이네."

청풍은 재미있다는 듯 미소를 보였고 검기를 일으켰다. 유형의 검기가 강하게 일어났고 강한 기운으로 주변 공기를 진동시켰다.

"우리는 살아 있는 장 형을 원하는 것이지 죽은 장 형을 원하는 게 아니지 않나?"

청풍의 말에 정심은 고개를 끄덕였다. 슬쩍 고개를 돌려 장천사를 보았다.

장천사는 눈을 감은 채 서 있었으며 조용히 내력을 다스리고 있었다. 그의 주변으로 미세하게 공기의 흔들림이 느껴졌다. 청풍은 그것이 서서 하는 운기조식이란 것을 알았다.

"재미있군……."

조자경이라고 해서 장천사의 모습을 못 본 것이 아니었다. 하지만 그것을 호흡을 고르는 정도로 생각했지 운기라고 여기지는 못했다. 그러나 여전히 그에 대한 경계는 풀지 않고 있던 조자경은 속으로 청풍이 장천사에게 합세할 경우를 생각해 봤다.

'내상을 당한 장천사라 하더라도 장천사는 장천사다. 아무리 내상이 심하다 하더라도 그까지 합세한다면 오히려 내가 목숨이 위태로울지도 모른다.'

조자경은 복잡한 생각들을 빠르게 하기 시작했다. 장천사가 부상을 당한 것은 사실이었고 이 기회는 다시는 오지 못할 기회라는 것도 알았다. 그렇다고 자신의 목숨을 걸 수는 없었다. 그는 아직 젊었고 해야 할 일이 많이 남아 있기 때문이다.

이대로 독선문을 임정에게 넘길 수는 없었다. 후계가 안정되지 못한 상태에서 자신의 존재가 독선문에서 사라지게 된다면 천문성을 비롯한 주변 강대 문파가 절대 독선문을 가만히 두지 않을 것이다.

그렇다고 그냥 갈 생각은 없었다. 장천사를 잡지 못한다면 외따로 떨어져 있는 다른 자를 사냥하면 그만이다.

"후우……."

깊은 숨 소리와 함께 장천사가 눈을 떴다. 그러자 그의 주변으로 강한 기운이 휘몰아쳤고 조자경의 표정이 굳어졌다.

"아까보다 표정이 좋아 보이는군."

"답답했던 게 조금 사라져서 그런 것이지."

장천사가 빙긋 미소를 던졌고 그가 검을 들자 조자경은 슬쩍 뒤로 물러섰다.

"오늘은 인사만 하는 것으로 하고 물러나도록 하지."

"겁이 나는 모양이군?"

"흥! 마음대로 생각하게."

조자경은 장천사를 잠시 노려보다 곧 소리 없이 뒤로 물러
서더니 어느새 멀어졌다. 조자경이 저렇게 빠르게 사라지자
장천사는 더없이 큰 한숨을 내쉬며 비틀거렸다.

청풍이 소매로 이마에 흐르는 땀을 훔치며 말했다.

"휴… 무서운 놈이 사라지니 맥이 풀리는군."

"솔직히 긴장했습니다."

정심도 검을 거두며 깊은 숨을 내쉬었다. 조자경을 상대로
한 호흡만 흐트러지면 그대로 독에 중독되기 때문이다.

"일단 숨기 좋은 곳으로 가지."

"멀지 않은 곳에 낚시하던 집이 있으니 그리로 가세나."

장천사가 말을 하며 앞서 나갔고 그 뒤로 남은 일행들이 따
라갔다.

*　　　*　　　*

호롱불이 반짝이는 서재 안에는 문대영이 앉아 책을 읽고
있었다. 그는 순자(荀子)의 글들을 바라보며 안정을 취하려는

듯했다. 하나 깊은 시름이 잠긴 눈동자는 풀리지 않았으며 절로 한숨이 흘러나왔다.

창을 통해 풀벌레들의 울음소리가 이어졌고 부엉이가 울고 있는 것이 멀리서 들려왔다. 불빛 주변으로 작은 나방 한 마리가 날아와 퍼덕이다 불꽃에 뛰어든 뒤 밑으로 떨어졌다.

'나와 다르지 않군.'

문대영은 자신으로 인해 죽어간 수많은 성도들을 생각했다. 그들의 죽음은 결코 가벼운 것이 아니어서 무겁게 어깨를 눌러왔다.

"손님이 오셨습니다."

호위무사 한 명이 조용히 안으로 들어와 읍했다. 문대영은 이 시간에 찾아오는 손님이란 것에 살짝 미간을 찌푸렸다.

"누구냐?"

"지본소라고 합니다. 어찌할까요?"

무사의 물음에 문대영은 고개를 끄덕였다.

"들여보내게."

"예."

무사가 대답한 후 밖으로 나갔다. 얼마 뒤 발소리와 함께 지본소가 안으로 들어왔는데 몰골이 말이 아니었다.

"총군을 뵙습니다."

지본소가 허리를 숙였고 문대영은 피식거렸다.

"총군은 무슨… 그래, 무슨 일인가?"

지본소는 고개를 들더니 빠르게 말했다.

"제게 마공서를 주십시오."

지본소의 말에 문대영의 표정이 굳어졌다. 손쉽게 할 수 있는 말은 아니기 때문이다. 전에도 같은 말을 했었지만 그때와 지금은 전혀 다른 상황이었고 지본소의 태도 또한 달라져 있었다.

"다른 당원들은?"

"모두 죽었습니다."

지본소는 씁쓸한 표정으로 대답했다.

"자네만 살아 돌아온 건가?"

"어쩔 수 없었습니다."

지본소는 딱딱한 어조로 대답했다. 물론 자신이 비겁하게 도망쳤다는 이야기는 굳이 할 필요가 없었다. 단지 살아서 후일을 기약하려 했을 뿐이다. 그리고 진파랑을 죽이고 싶다는 생각만이 머릿속에 가득했다.

"마공서라……."

문대영은 미간을 찌푸린 채 깊은 주름을 그렸다. 그도 쉽게 결정할 수 없는 문제였기 때문이다. 망설이는 듯한 그의 모습에 지본소가 다시 말했다.

"진파랑을 죽여야 성의 명예도 다시 올라갈 것입니다. 그 역할을 제가 할 수 있게 해주십시오."

문대영은 턱을 쓰다듬다 곧 입을 열었다.

"공식적으로 마공서를 자네에게 줄 수 없네. 물론 총군에서 물러선 내가 자네에게 비공식적으로도 해줄 수 있는 것도 없다네."

"총군님."

지본소의 목소리는 무거웠고 죽을 각오도 되어 있는 눈빛이었다.

진파랑을 누구보다 죽이고 싶은 사람이 있다면 문대영일 것이다. 그런 문대영이었기에 지본소의 행동에 마음이 움직이는 것은 어쩌면 당연했다.

"마공서는 내가 주는 게 아니라 자네가 훔쳐 간 것이네. 이후 자네는 본 성의 사람이 아니게 될 것이고 마공을 익힌 자네에 대해 우리는 모르는 일이 될 것인데 그래도 괜찮겠나?"

문대영의 말에 지본소의 눈빛이 살짝 흔들렸다. 앞으로 천문성의 사람이 아니라 일반 강호의 사람이 된다는 뜻이었기 때문이다. 또한 천문성이 그를 보호해 주는 일도 없을 거라는 뜻이었다.

지본소는 죽어간 사람들보다 자신보다 강한 진파랑의 모

습만이 눈앞에 어른거렸다.

"물론입니다."

지본소의 대답 소리가 낮게 울렸다.

『진가도』 2부 7권에 계속…

박선우 장편소설
FUSION FANTASTIC STORY

멋진 인생
Wonderful Life

태어나며 손에 쥔 것이라고는 가난뿐.

그러나 내게는 온몸을 불사를 열정과
목숨처럼 소중한 사랑이 있었다.

『멋진 인생』

모두가 우러러보는 최고의 직장이자 가장 치열한 전쟁터,
천하그룹!

승진에 삶을 바친 야수들의 세계에서 우뚝 서게 되는
박강호의 치열하지만 낭만적인 이야기!

Book Publishing CHUNGEORAM

유행이 아닌 자유추구
WWW.chungeoram.com

강준현 장편소설
FUSION FANTASTIC STORY

인생을 바꿔라

『복수의 길』, 『개척자』 강준현 작가의
2016년 신작!

자신이 무엇인지 알지 못하는 정신체, 염.
세상을 떠돌며 사람의 몸속으로 들어가
에너지를 얻고 나오길 반복하던 어느 날.

사고로 인한 하반신 마비, 애인의 이별 선언,
삶에 지쳐 자살하려는 김철의 몸에 들어가게 되는데……

"뭐, 뭐야! 아직도 못 벗어났단 말이야?"

새로운 삶을 살리라,
정처 없이 떠돌던 그의 인생 개척이 시작된다!

"어떤 삶인지 궁금하다고? 그럼 한번 따라와 봐."

Book Publishing CHUNGEORAM

유행이 아닌 자유추구 -
WWW.chungeoram.com

궁극의 쉐프

Ultimate chef

가프 장편소설

FUSION FANTASTIC STORY

태초의 우물에서 찾은 사막의 기적.
사람의 식성과 식욕을 색으로 읽어내는 능력은
요리의 차원을 한 단계 드높인다.

『궁극의 쉐프』

요리란!
접시 위에 자신의 모든 것을 담아내는 것.

쉐프란!
그 요리에 자신의 가치를 증명하는 사람.

"요리 하나로 사람의 운명도 좌우할 수 있습니다."

혀를 위한 요리가 아닌, 마음을 돌보는 요리를 꿈꾸는
궁극의 쉐프 손장태의 여정이 시작된다!

Book Publishing CHUNGEORAM

유행이 아닌 자유추구 -
WWW.chungeoram.com

철순 장편소설
FUSION FANTASTIC STORY

괴물
포식자

지구 곳곳에 나타난 차원의 균열.
그것은 인류에게 종말을 고하는 신호탄이었다.

『괴물 포식자』

괴물을 먹어치우며 성장한 지구 최강의 사내, 신혁돈.
그는 자신의 힘을 두려워한 인류에 의해
인류의 배신자라는 낙인이 찍히고 죽게 되는데…

[잠식이 100%에 달했습니다.]
[히든 피스! 잠들어 있던 피닉스의 심장이 깨어납니다.]

불사의 괴물, 피닉스의 심장은
신혁돈을 15년 전으로 회귀하게 한다.

먹어라! 그리고 강해져라!
괴물 포식자 신혁돈의 전설이 시작된다!

Book Publishing CHUNGEORAM

유행이 아닌 자유추구 -
WWW.chungeoram.com